고맙습니다,
내 인생

"모든 불행과 절망에는 반드시 끝이 있다!"

고맙습니다,
내 인생

모모북스

들어가는 글

고맙습니다, 내 인생

남편이 죽었다. 나도 죽었다. 은둔. 나를 가뒀다. 내 몸에 가시덤불을 친친 동여맸다. 누굴 위협하거나 찌르기 위한 것이 아닌, 나를 보호하기 위한 가시였다. 내 아이들을 지키기 위한 가시였다. 서른한 살의 나이에 '과부'가 되었다. 끝도 없는 어두운 터널 속에 갇혀 죽고 싶었지만 살고 싶다고 외쳤다. 결혼생활 8년도 채우지 못하고 떠난 남편. 그와의 동거는 아직도 진행 중이다. 남편 없는 설움, 그의 빈자리. 수천 번, 수만 번 피를 토할 만큼의 아픔으로 견뎠다. 나의 20대는 남편이 있어서 행복했다. 남편 앞에서는 항상 내가 주인공이었다. 주인공을 봐줄 사람이 없으니 살아갈 가치도 없다 생각했다. 남편 없는 30대와 40대는 죽을 만큼 견디기 힘들었다. 사는 게 고통이었다.

광부의 딸로 태어났다. 내 어린 시절을 아름답게 장식해주신 분, 아버지. 우리 아버지. 남편의 죽음을 알고 충격으로 쓰러져 돌아가셨다. 한꺼번에 사랑하는 두 사람을 잃고 삶이 더 막막했다. '남편 잡아먹은 년'도 모자라 '아비 잡아먹은 년'까지 됐다. 태어난 자체부터 잘못됐다고 생각했던 내 인생. 좌절과 절망 속에서 하루하루 버티는 게 버거웠다. 한 줄기 동아줄 같았던 버팀목, 엄마까지 떠나셨다. 대학생이었던 딸도 갑자기 결혼하고 내 곁을 떠났다. 이 네 사람의 빈자리는 더 이상 버틸 힘이 없게 했다. 매일 울었다. 낮에도 울고, 밤에도 울고, 잠도 안 자고 울었다. 길 가다가도 울고, 비슷한 사람만 봐도 울고, 운전하다가도 울었다. 아무것도 달라지지 않았다. 삶을 놓고 싶을 때, 삶의 막다른 골목에 다다랐을 때쯤 살아야 하는 이유, 희망을 봤다. 꿈. 꿈이 있었다.

'지우개가 필요한 이유는 다시 쓰기 위함이다.' 어디선가 본 카드 메시지다. 가족을 잃은 아픔과 사연, 지울 수 없다. 지워서도 안 된다. 가슴 깊이 묻어둔 채 내 인생 다시 쓰기 시작했다. 강사가 되고 싶었다. 나의 삶을 이야기하며 그들의 삶도 듣고 싶었다. 꿈을 향한 도전. 낯선 세계. 낯선 사람들. 모든 게 낯설고 어려웠지만 결국 해냈다. 크게 성공하거나 이름만 대도 알아주는 사람은 아니지만, 청중들 앞에 서면 늘 행복했다. 엎어지고 넘어지고 무너지며 시행착오를 겪었고, 경험을 쌓았다. 앞으로도 내가 이루어야 할 목표. 한 계단 한 계단 차분히 밟으며 또 다른 꿈을 향해 끊임없이 도전한다.

"나는 꾸준한 강사다! 날지 못하면 뛰어가라! 뛰지 못하면 걸어가라! 걷지 못하면 기어서라도 가라! 기어서도 못 가면 마음이라도 가라! 마음이 못 가면 영혼이라도 가라! 이것이 진정한 프로정신이다." 강사로 첫발을 내디딜 때 강사사관학교 최보규 원장님으로부터 받은 이 문장이 담긴 액자. 벽에 걸어놓고 외치며 의욕을 불태웠다. 그리고 꾸준히 걸어왔다. 꿈을 이루는 게 이런 거구나! 사람은 하고 싶은 일을 해야 행복하구나! 새로 태어난 기분이었다. 다시 태어났다고 해도 과언이 아닐 만큼 나의 삶은 많이 달라졌다. 사람들에게 꼭 필요한 강사가 되자. 입버릇처럼 말하니까 현실이 되었다.

고통은 신이 주신 축복. 그런 거 안 믿었다. 신에게 반항하고 싶었다. 나를 향한 신의 인내심 테스트. 힘겹고 고통스러웠다. 너무나 길었다. 그런데 신은 나에게 고통도 주었고, 살아야 할 이유도 알려 주었고, 살아갈 방법도 알려 주었다. 다른 사람 아픔이 보이기 시작했다. 내가 가진 아픔이 가장 큰 줄만 알았다. 강사가 되어 세상 밖에 나가 보니 나보다 아픈 사람이 훨씬 많았다. 내가 정신과 치료를 받을 때 며칠 전부터 예약하고, 대기했었다. 정신과에 사람이 줄서 있는 이유를 알 것 같았다. 정신과 치료를 받는 것은 살기 위함이다. 그 사람들도 살기 위함일 것이다. 몇 달 전 한 의사 이경제 원장님이 TV에서 하신 말씀이 와닿았다. "정신과는 미친 사람이 오는 것이 아니라, 지친 사람들이 오는 곳입니다."라고 하셨다. 맞다. 지쳤을 때, 살고 싶을 때 찾아갔다. 정신과 의사가 꿈은 아니지만, 상담심리학 공부를 시작했다. 내가 아팠듯이 아픈 사람들 마음을 이해하며 공감해 주고 도움이 되고 싶다. 내 마음이 배불러야 누군가의 마음도 채워줄 수 있기에 끝없이 연구하고 공부하며 마음의 양식을 쌓으려고 한다.

책 쓰기를 준비하면서 초고를 쓰고, 퇴고 과정을 거치면서도 고민이 많았다. 쓰는 과정에서 이 힘겨운 작업을 왜 해야 하는지 갈등도 있었다. 한 줄 쓰고 울고, 쓰기 전부터 울고, 쓰는 시간보다 우는 시간이 더 많아서 멈추고 싶을 때도 있었다. 하지만 내 삶이 나와 비슷한 아픔을 겪는 사람들에게 힘이 될 수도 있다는 말에 용기를 얻었다. 한국자살예방센터장 정택수 교수님께서 책 쓰기를 권하시며 큰 용기를 주셨다. 글을 쓰면서 지난 일을 회상하는 일은 쉽지 않았다. 오랜 시간 눈물을 쏟았다. 도저히 아파서 못 쓰겠다고 할 때마다 할 수 있다고 다독거리며 힘을 주셨다. 남편과의 추억을 아프게만 생각하지 말고, 그런 추억을 떠올리며 행복한 웃음을 지을 수 있어야 한다고 하셨다. 당연히 아파해야 하는 게 정상인 줄 알았다. 정택수 교수님의 조언대로 남편과의 지난날, 행복했던 날을 생각하며 웃을 수 있도록 생각 전환이 되었다.

나도 여러 번 삶을 놓고 싶었듯이 모든 것을 놓아버리고 싶어 하는 사람들은 어제도, 오늘도, 지금 이 순간에도 있을 것이다. 아픈 그들에게 희망의 씨앗이 되고자 한다.

5년 동안의 강사 생활은 우주에 빛나는 별 중 아주 작은 하나의 빛에 불과하다. 그 작은 빛 하나하나가 모여 큰 빛이 되어 더 밝게 비추도록 나는 이 길을 간다.

이 책은 가족과 배우자의 소중함을 담은 책이다. 그리고 절망 끝에서 한 줄기 희망이 되었던 꿈. 꿈을 이루고자 하는 열망과 도전, 성장하는 과정을 그리며 행복을 되찾아 살아가는 이야기다. 이 책을 쓰는 동안 '나'와 마주하는 성찰의 시간을 가질 수 있었다. 20여 년간 억압했던 내 감정을 담으며 아픔을 치유할 수도 있었다. 나와의 고독한 시간마저도 즐겼다.

나는 유명한 사람도 아니고 대단한 사람도 아니다. 하지만 나와 비슷한 아픔을 가졌거나 삶의 의미를 찾지 못한 사람들에게 빛이 되었으면 좋겠다. 어떤 어려운 상황에서도 꿈이 있고 하고 싶은 일이 있다면 그 일을 하라고 권하고 싶다. 내가 행복을 되찾을 수 있었던 방법이었다.

이 책을 읽는 독자 중 단 한 명이라도 변화를 꿈꾸며 힘을 얻는 데 도움이 된다면 바랄 게 없다. 난 지금보다 더 성장할 것이며 성숙해질 것이며 더 멋진 삶을 꿈꿀 것이다. 잘 버티고, 잘 견뎌준 내 인생. 여기까지 잘 참고 와준 내 인생 앞에 가슴 깊이 고개 숙인다. 내가 보석이다. 고맙습니다. 내 인생.

* 이 책에 들어가는 모든 일러스트는 저자의 작은딸이 직접 그렸습니다.

차례

2장 나를 가슴에 품고 떠난 분들

3장 두 딸이 세상의 전부

4장 꿈이 있기에 아직은 아니다

5장 내 멋진 삶 보여줄게요

1장

불행의 시작

인생에 폭풍이 시작되다

장례식장이란 곳에 처음 가봤다. 남편이 떠났다. 폭풍이 시작되었다. 유난히 뜨거웠던 2000년 7월. 준비 없이 찾아온 이별은 내 인생을 바꿔놓았다. 21년이 흘렀지만, 아직도 그날을 떠올리면 숨이 멎을 것만 같다.

남편은 떠나기 며칠 전부터 마치 예감이라도 한 것처럼 행동했다. 평소 정리 정돈이 안 되던 사람이 집안 곳곳을 돌아보며 정리했다. 내가 살림하며 불편할까 봐 집안 곳곳 여기저기 손도 보았다. 떠나기 바로 전날, 커다란 수박 한 덩이와 휴대폰까지 선물했다. 삐삐로 연락하고 지내던 때가 얼마 지나지 않았던 때다. 일반 서민들은 휴대폰 하나 가지면 부러울 게 없던 때였으니 얼마나 기뻤던지. 남편이 최고라는 말이 저절로 나왔다. 넉넉한 형편이 아님에도 자기 용돈을 아껴서 내가 그토록 갖고 싶었던 선물을 산 것이라 더 감격스러웠다. 마지막으로 사 준 선물. 그 휴대폰은 아직도 남편의 유품 박스에 잘 보관되어 있고, 마지막으로 사 준 수박은 보기만 해도 가슴이 아려서 그 이후로 잘 먹지도 않는다.

회사 야유회를 떠난 남편. 다음 날 우리 세 모녀를 데리러 온다던 약속을 끝내 지키지 못했다. 일요일 아침 8시, 초인종 소리가 울렸다. 남편이겠거니 하며 현관문 가까이에 갔다.

"누구세요? 자기야?"

"제수씨, 저 현이 아범이에요."

이 시간에 웬일일까. 의아해하며 현관문을 열었다. 남편의 바로 위 형님(남편이 떠난 후 얼마 지나지 않아 떠나신 고인)이 서 계셨다.

"어머! 아주버님, 이 시간에 웬일이세요?"

"제수씨, 아범이 죽었대요."

빨개진 눈으로 고개를 떨구시더니, 뭔가 결심한 듯 내게 말씀하셨다. 어디서 어떻게 왜 죽었는지 묻지도 못했다. 그 외에 아무 말씀도 하지 않으셨다. 지금 가야 한다며 나오라고 하셨다. 머릿속이 하얘진 채 털썩 주저앉았다. 곤히 자고 있던 두 딸아이가 내 울음소리에 놀라서 깼다. 영문도 모른 채 내가 우니까 딸아이들도 울었다. 두 딸아이를 부둥켜안고 달래며 뭐가 뭔지도 모른 채 우린 집을 나섰다. 그냥 아주버님이 이끄는 대로 따라갔다. 분명 뭔가 잘못된 거라 생각했다. 차에서 사촌 동서지간인 친구에게 전화를 걸었다.

"숙아, 정이 아빠가 죽었다는데 무슨 일일까?"

"장례식장 가는 길이야. 나도 조금 전에 연락받았어. 일단 가보자."

기가 막혔다. 당연히 놀랄 거로 생각했다. 나보다 다른 사람들이 먼저 알고 있다는 것도 놀라웠다. 한 시간 정도 아주버님 차를 타고 도착한 곳은 가평의 한 장례식장이었다. 가는 내내 무슨 사고가 나서 분명 병원에 누워있거나, 산소호흡기라도 끼고 있겠지 했다. 하지만 안내받은 곳은 영안실이었다. 누군가 회색빛 철문을 끌어당겨 하얀 천을 걷어냈다. 낯익은 얼굴이 눈을 감고 누워있었다. 분명 내가 사랑하는 남편이었다. 그대로 까무러친 나는 얼마 만에 정신이 들었는지 기억도 안 난다. 말도 나오지 않았고, 눈물도 나오지 않았다. 분명 꿈이었을 테니까. 아니 꿈인지 현실인지 구분조차 어려웠다. 지금 생각해도 기가 막힐 노릇이다. 이미 빈소가 마련되어 내 남편의 영정사진(주민등록증

사진)이 떡하니 상 위에 올라가 나를 향해 웃고 있었다. 그 앞에 각종 음식이 차려져 있고, 향불도 하얀 연기를 내뿜고 있었다. 직원들로 보이는 20명 정도의 사람들이 빈소를 지키고 있었다. 모두 나의 시선을 피하는 눈치였다. 시신을 확인 후 서울로 옮겨가기로 했다. 정신이 오락가락했다. 이게 말이 되냐고, 어떻게 나한테 이런 일이 생길 수 있냐고, 왜 그랬냐고 묻고 싶었다. 전날까지도 웃음소리가 끊이지 않았던 집이었다. 불행이란 녀석이 감히 쳐들어올 수 없었던 우리 집.

서울 기독교 병원 장례식장에 도착했다. 영안실로 들어간 남편의 시신은 내 마음대로 볼 수 없었다. 조문객들이 줄을 이었다. 나는 인사조차 하지 못했다. 3일 내내 쓰러지고, 119에 실려 가고, 또다시 정신이 들었다가 까무러쳤다. 몇 번을 반복하며 현실을 부정했다. 태어나서 처음으로 가본 장례식장, 영안실인데 '입관식'이란 걸 한다고 한다. 누군가 내게 말했다.

"이제 얼굴 보는 것은 지금이 마지막이에요."

아마도 장례식장 직원인 것 같다. 그때 잠깐 정신이 들었다. 사랑하는 남편의 얼굴을 보는 게 마지막이라니, 똑똑히 정신을 차렸다. 안내에 따라 들어간 곳에 남편이 있었다.

회색 철로 만든 침대에 누런 수의를 입고 누워있었다. 수의도 직접 본 것은 처음이다. 두 남자가 남편 발에 하얀 버선을 신겼다. 머리에도 무언가 씌웠다. 남편은 반응이 없다. 어디론가 떠날 채비를 하는가 보다. 다리에 힘이 풀려 자꾸만 주저앉았다. 친정 엄마의 부축으로 간신히 버티고 있었다. 점점 남편의 모습이 사라진다. 손도 싸고, 발도 싸고, 얼굴만 보인다. 울분을 토하며 달려가 남편의 시신을 꼭 끌어안았다. 남편의 볼에다 내 얼굴을 한없이 비벼댔다. 인사를 해야 하는데, 아무 말도 안 나온다.

"이러시면 못 떠납니다."

자꾸만 나를 남편에게서 떼어내며 말리는 누군가를 있는 힘껏 밀쳐냈다. 그저 내 마음이 시키는 대로 머리끝에서 발끝까지 남편을 안고 그를 느꼈다. 그리고 아무런 반응도 없이 누워있는 남편의 입술에 길게 입맞춤을 했다. 엄마가 간신히 나를 떼어내었다. 입관에 무슨 형식이 정해져 있는 모양이다. 남편에게 마지막으로 절을 하라고 한다. 절은 어른들께 세배할 때나 하는 줄 알고 살았다. 죽은 남편에게 절을 해야 했다. 두 번 절하고, 한 번 반절. 부축을 받으며 시키는 대로 했다. 정신 바짝 차렸다. 술을 따르라고 하면 술을 따르고, 절을 하라면 절을 했다. 다 가려진 남편의 몸.

수의랑 똑같은 천으로 만든 끈으로 꽁꽁 동여맸다. 남편 답답하다고, 아프다고, 묶지 말라고 소리치며 달려들었다. 나를 붙잡는 사람들을 이길 힘이 없었다. 그렇게 꽁꽁 매면 남편이 진짜 숨을 못 쉴 것 같았다. 관 안에 남편을 넣는다. 숨이 멎을 듯했다. 뚜껑을 덮으려고 한다.

"안 돼! 가지 마! 가지 마! 가지 말라고!!! 같이 가! 나도 같이 가! 나도 따라갈 거야!"

발을 동동 굴렀다. 미친 듯이 소리치며 날뛰었다. 어떻게 나한테 이럴 수가 있냐고 아무리 외쳐도 소용없었다.

"나 할 말 있어요! 꼭 해야 해요! 잠깐만요! 잠깐만요!"

관을 옮기지 못하도록 의식을 치르는 분들을 붙잡고 애원했다. 관이 멈췄고 남편에게 달려갔다. 관을 두 팔 벌려 있는 힘껏 안았다. 남편 얼굴과 맞닿을 만한 곳에 내 얼굴을 갖다 댔다.

"내 목소리 들려? 내가 우리 딸들 예쁘게 잘 키울게요."

나지막하게 속삭였다. 차마 잘 가라는 말은 나오지 않았다. 남편에게 할 수 있는 마지막 약속이었다. 자기 목숨보다 아깝지 않은 사랑스러운 두 딸아이. 자기 자신보다 나를 더 사랑했던 남편. 차마 발걸음이 떨어지지 않아 하늘나라로 못 떠날 것 같아 안심시키고자 한 말이다. 어떤 어려움이 닥쳐도 내 새끼들 잘 키우는 것만이 남편에 대한 도리라고 생각했다.

다음 날 새벽, 진짜로 남편을 떠나보내야 할 시간이다. 다시 한번 정신을 차려야 했다. 발인이라고 한다. 3일 내내 친정 엄마가 먹이는 뭔지도 몰랐던 약(청심원)을 먹어서인지 정신이 멍했다. 하지만 남편이 화장터로 들어가는 그 순간만큼은 견딜 수가 없었다. 화장터 주차장. 차에서 내리자마자 남편의 영정사진을 꼭 끌어안았다. 여전히 나를 쳐다보며 웃고 있었다. 사진을 계속 쓰다듬었다. 가슴에 부여잡고 발을 동동 굴렀다. 남편을 느끼며 오열하는 나에게 많은 시간은 허락되지 않았다. 바퀴가 달린 수레에 남편의 관을 올리고, 화장터 안으로 들어가는 남편. 아무리 붙잡고 매달려도 소용없었다. 남편을 만질 수도, 안을 수도, 볼 수도 없었다.

아무런 준비도 없이 찾아온 이별. 그때는 앞으로 다가올 나의 미래가 얼마나 아플지 상상도 못 했다. 내가 사랑하는 남편, 내 딸들의 자상한 아빠는 함께 야유회를 가자던 마지막 약속을 지키지 못한 채 그렇게 떠나갔다. 남편을 다시 볼 수 없다는 사실에 가슴이 무너졌다. 하루만, 단 하루만이라도 내게 시간을 줄 수는 없었을까?

남편 잡아먹은 년

얼마 전 친구가 죽었다. 동네에서 운동하다가 알게 된 친구다. 워낙 말이 없고 얌전한 친구였다. 참담했다. 오전 강의를 마치고 장례식장으로 바로 달려갔다. 오랫동안 두통을 앓았다고 한다. 그냥 대수롭지 않게 여기다가 뇌출혈로 쓰러졌다고 한다. 장례식장에 모인 친구들은 침통한 마음을 나누며 안타까워했다. 평소에 소통이 거의 없었던 친구의 죽음에 목이 메었다. 잘 사는 줄만 알았는데 관심 가져 주지 못해서 미안했다. 코로나 여파로 조문객은 많지 않았다. 친구의 가는 길이 너무 조촐해 보여 안쓰러웠다. 친구의 남편은 덤덤해 보였다. 그런 친구의 남편을 보고 친구들은 쑥덕거렸다. 남편이 울지 않는다고 욕(?)을 했다. 그 과정에서 친구 K가 한 말에 발끈하며 쏘아붙였다.

"쯧쯧, 죽은 사람만 불쌍하지! 산 사람은 다 살더라."

"야, 너 말 그렇게 하지 마! 어떻게 죽은 사람만 불쌍하냐? 살아 있는 사람은 살아도 사는 게 아닌데!"

그 친구는 오래전 사별한 나를 의식 못 했던 모양이다. 연신 미안하다며 사과를 했다. 너무 일찍 세상을 떠난 친구를 생각하면 나도 가슴이 아프다. 하지만 남겨진 가족들의 아픔 또한 크기에, 누가 더 아프고 누가 더 불쌍하고 논할 것이 아니라는 생각이었다.

사람들은 비보를 접하고 장례식장에 가면, 떠난 사람을 충분히 애도하고 유족을 위로해야 한다. 그런데 더 아프게 하는 일도 있다. 나도 남편의 장례식장에서 평생 잊을 수 없는 말을 들었다. 여전히 아픈 상처이다. 요즘도 그런 말을 하는 사람이 있을까? 남편이 잘되면 여자 잘 만났다고 하고, 남편이 잘못되면 집안에 여자가 잘못 들어와서 그렇다는 말. 옛날부터 들었던 말이다. 그나마 결혼생활 하면서 내 남편은 여자 잘 만나서 잘 산다는 말을 들었다. 나도 남편에게 사랑받으며 행복한 결혼생활을 했고 남편의 내조도 정성껏 했다. 사람들은 환상적인 커플이라고 했다. 그렇게 우리는 평생 남들이 부러워할 만한 커플로 남을 줄 알았다. 그런데 남편이 하늘나라로 가버렸다. 내 잘못이 아니었

지만 죄책감과 부끄러움 같은 복잡한 감정이 느껴졌다. 나 혼자만의 생각일지도 모른다. 제정신이 아니었다. 내 심장이 남아있는 것조차 기적 같았다. 아빠를 잃은 8살, 6살의 안쓰러운 두 딸아이를 사람들은 쓰다듬고 안아주었다. 조문객들에게 둘러싸여 무슨 좋은 일이라도 일어난 마냥 딸들은 신나 있었다. 사람들의 관심을 받는 게 좋았던 모양이다. 신나게 웃고 뛰어놀았다. 그런 아이들에게 그러면 안 된다고 가르치며 돌볼 겨를도 없었다.

장례식장 화장실에서 볼일을 보고 넋 놓고 앉아있을 때였다. 밖에서 두 명의 여자가 손을 씻으며 대화를 했다. 분명 내가 아는 목소리였다.

“과연 아이들을 키울까?”

“에이, 어떻게 키워? 저렇게 젊은데.”

“애들 버리고 가겠지?”

“쯧쯧, 사람들이 젊은 년이 서방 잡아먹었다고 욕하겠네.”

지금도 또렷하게 그 목소리가 들리는 듯하다. 나를 위로해도 시원찮을 판에 내가 아이들을 키울지, 버리고 떠날지가 그들의 관심사였나 보다. 그때는 대처할 능력도 없었고 그럴 용기도 정신도 없었다. 한참을 화장실에 우두커니 앉아서 생각하자니 마치 내가 죄인 같았다. ‘아, 나는 남편 잡아먹은 년이구나!' 어딘가 크게 얻어맞은 것처럼 가슴이 먹먹해졌다. 화살이 내 심장을 향해 마구 날아와 꽂히는 것 같았다. 장례식장에 많은 사람이 있었지만, 냉기가 흘렀다. 내가 그렇게 느낀 것일까. 시댁 식구는 시댁 식구들끼리, 친정 식구는 친정 식구들끼리, 마치 편이라도 가르는 것처럼 각자 자기 핏줄 챙기기에만 바쁜 듯했다. 어쩌다 정신이 들어 남편 영정사진을 보며 오열을 하면 창피하다고 울지도 못하게 했다.

"젊은 년이 서방 잡아먹고 뭐 잘했다고 울어? 시끄러워!"

시댁의 친척 어르신께서 대놓고 호통을 치셨다. 그때는 야속하기만 했었는데 지금 생각해 보면 그럴 수도 있겠다 싶다. 생각지도 못했던 일이 벌어진 것에 대한 원망을 나한테 돌리고 싶었던 모양이다.

사람들은 장례식 내내 내 아픔 따위는 별 관심도 없어 보였다. 조문객들은 내게 "보험은 들어놨어?"라는 질문을 가장 많이 한 것 같다. 젊은 나이에 남편이 그렇게 갑자기 죽을 줄 누가 알고 생명보험을 들어놓는단 말인가. 상상도 해 보지 않은 일이다. 사람들은 내가 아이들 데리고 혼자 살아야 하기에 돈이 중요하다고 말하고 싶었겠지만, 야속하게 들렸다. 남편 목숨값으로 받는 사망보험금은 관심도 없다. 그 사람의 가치는 돈으로 절대 따질 수 없기 때문이다. 내 주변 사람들은 그 이후로 마치 유행처럼 생명보험을 들었다.

남편이 떠난 후 나는 '서방 잡아먹은 젊은 년'의 꼬리표가 붙은 것 같았다. 죄인 아닌 죄인으로 살아야 했다. 면전에 대고, 때로는 문자 같은 글로도 내게 퍼붓는 언어폭력. 점점 움츠러들었다. 사람들 만나기도 두렵고 세상이 무서웠다. 늘 불안했다. 내 귀에 직접 들어오기도 하는데 내가 없는 자리에서는 오죽할까. 혹시라도 아이들에게 피해가 갈까 봐 몇 년 동안은 아이들 학교와 유치원에 아빠 돌아가신 것을 비밀로 하라고 입단속까지 시켰다. 트라우마였다. 변명하자면, 시댁 쪽 남자들이 단명하는 집안이다. 3대째 남자들이 갑자기 40세 전후로 거의 돌아가셨다. 시할아버지, 시아버지, 남편, 아주버님 모두 그러셨다. 남편을 사랑해서 결혼했을 뿐인데 사람들의 시선과 비난은 내 마음을 병들게 했다. 평생을 짊어지고 가야 할 아픔인데 사람들이 던지는 돌은 나를 더 슬프게 했다. 억울했다. 그런 말을 들으면 말은 안 나오고 서러운 눈물뿐이었다. 분노와 억울함을 오랫동안 가슴에 품고 살았다. 자다가도 벌떡 일어나 호흡을 가다듬었다. 숨이 잘 안 쉬어졌다. 타는 가슴을 부여잡고 소리 없이 울어야만 했다. 사람 일이란 한 치 앞도 모르는데, 내가 그들의 가족이었다면 그런 말을 할 수 있을까? 어린 두 딸아이랑 앞으로 살아갈 일이 막막한 나에게 용기는 못 줄지언정 어떻게 그렇게 모진 말을 하는지 내 마음은 숯덩이가 됐다. 그때 화장실에서 그런 대화를 주고받은 두 사람. 지금의 나에게 뭐라고 말할 수 있을까? 분명 아이들 버리고 떠날 것이라고 했는데. 남의 일이라고 함부로 말하는 사람들. 그 후로 나는 사람이 무서웠다.

말도 안 되는 대한민국 법

남편이 떠난 지 10일 정도 된 날이었다. 친정 엄마가 남편의 물건들을 정리하기 시작했다. 남편 물건이 있으면 나한테 도움이 안 된다고 막무가내였다.

"낚시 가방은 시댁에 갖다 주고, 이 옷들은 싸서 의류 수거함에 넣어. 강아지도 내다 버려! 손 서방 찾느라 우는 것도 보기 싫다. 뭔 신발은 또 이렇게 많아? 다 갖다 버려!"

아직 남편의 숨소리와 체온이 가시지도 않았는데 엄마의 그런 행동은 나를 화나게 했다. 엄마는 남편 옷을 싸고 나는 있는 힘껏 뺏으며 실랑이가 벌어졌다. 엄마를 밀쳐내고 안방 문을 쾅 닫아버렸다. 문도 잠갔다. 몇 시간 동안 침대에 앉아 꼼짝도 하지 않았다. 눈물이 쏟아졌다. 눈물 콧물을 닦으며 문득 남편의 흔적을 느끼고 싶었다. 이 서랍 저 서랍 여닫고를 반복했다. 깊숙이 넣어 둔 한 쌍의 반지가 눈에 띄었다. 몇 번 끼지도 않아서 깨끗했고 빛이 났다. 비싼 반지는 아니었지만, 유난히 반짝이는 주인 잃은 반지를 보니 마치 내 신세와 같아 보였다. 남편 반지를 왼쪽 검지손가락에 끼었더니, 헐렁거렸다. 엄마랑 말도 하기 싫어서 반지를 들고 밖으로 나갔다. 금은방을 찾아 들어갔다.

"사장님, 이 반지 제 손가락에 맞춰 주세요."

차마 사연을 말하지는 못했다. 결혼하고 나서 육아 때문에 불편해서 내 반지도 끼지 못했는데, 남편 반지라도 끼고 있으면 함께 있는 것처럼 느껴질 듯했다. 그렇게라도 남편과 함께임을 느끼고 싶었다. 남편을 느낄 수만 있다면 내가 할 수 있는 모든 것을 다 하고 싶었다. 반지를 맡기고 상점들이 즐비하게 늘어선 큰 도로를 따라 걸었다. 아무것도 변한 게 없었다. 하늘도 땅도, 여전히 뜨거운 날씨도. 분주하게 오고 가는 사람들은 모두 행복해 보였다. 지금의 행정복지센터인 동사무소를 지나치는데 문득 남편의 사망신고가 생각났다. 기간 내 하지 않으면 벌금을 내야 한다는 말을 들었던 게 기억났다. 할까 말까 망설일 필요도 없이 빠른 걸음으로 도망치듯 걸었다. 내 손으로 남편 사망신고를 해야 한다는 사실을 부정하고 싶었다. 기간을 정해놓고 안 하면 벌금을 내야 한다는 법조차도 우스웠다. 서류만이라도 살아 있는 사람이면 안 되는지, 그깟 서류가 뭐 그리 중요한지 서글펐다. 늘 그랬듯이 퇴근 시간이면 두 딸아이 데리고 남편이 오는 길목에 서서 기다리던 모습. 남편의 모습이 보이면 아이들이 달려가 안기는 모습도 선하고, 금방이라도 문을 열고 웃으며 들어올 것만 같은 남편인데 사망신고라니. 도저히 용기가 나지 않았다.

나는 살아 있고, 맛은 못 느끼지만 밥도 먹고 있고, 잠이 오지 않았지만 나도 모르게 잠깐이라도 자고 있었다. 이 세상에 남편 하나만 없어진 것 같았다. 남편의 모든 흔적 하나하나가 소중했다. 인정하고 싶지 않았지만, 주변의 독촉으로 어쩔 수 없이 동사무소를 방문했다. 31살이라는 나이에 남편의 사망신고를 내 손으로 해야 한다는 사실이 비참했다. 동사무소 직원이 내민 누런 A4용지. 정해놓은 서식에 맞춰 글을 써야 하는데 눈물이 뚝뚝 떨어져서 글씨조차 보이지 않았다. 눈물로 얼룩진 그 용지를 세 번이나 갈면서 완성해 가는데, 다 쓰고 나면 남편의 흔적이 영영 사라질까 봐 손이 떨렸다. 쓰고 다시 쓰고를 반복하자니 상처를 툭 건드려 다시 피가 나는 것만 같았다. 애써서 완성한 서류를 담당 직원에게 내밀었다. 무슨 대한민국 법이 그 모양인지, 도무지 이해되지 않았다. 동사무소 직원에게 쓰라린 마음을 토하기라도 하듯 언성을 높였다. 그 사람은 분명 아무 잘못도 없을 텐데 말이다. 겨우 8살짜리 딸아이가 우리 집 '호주'라고 했다. 나는 세대주. 그러니까 아이들의 보호자 역할 뿐이라는 것이다.

"아니, 어떻게 8살 아이가 집안의 호주가 됩니까!"

"우리나라 법이 그렇습니다. 어머니가 재혼하게 될 수도 있으니까요."

"남편 죽은 지 며칠 됐다고 재혼이라니요!"

기가 막혔다. 몇 번이고 우리 아이는 이제 8살이라 호주가 될 수 없다고 반항하듯 말했다. 시간을 끌어도 내가 정해진 법을 바꿀 수는 없는 노릇이다. 지금 생각해도 어처구니없다. 남편 사망신고를 하러 갔으면 이 세상 떠난 지 얼마 안 되었다는 거다. 그런데 재혼이라니. 어린아이가 한 집안의 가장, 호주라니. 말도 안 된다. 도대체 그딴 법은 누가 만들었냐고 찾아가 따지고 싶었다. 법 앞에서는 아무런 힘이 없다는 걸 알면서도 설움이 폭발했던 그 자리는 아직도 생생하다.

그 허탈감과 분노를 가라앉히려 하염없이 걷고 또 걸었다. 갑자기 내 발길을 멈추게 했던 곳이 있었다. 누가 말이라도 걸면 설움이 폭발할 것 같아 애써 눌러 참으며 걸었는데, 남성복 전문점 앞에서 털썩 주저앉아 버렸다. 그 옷가게를 들여다보자니 남편 얼굴이 생각났다. 남편은 가난한 집의 셋째 아들이었다. 늘 형들이 입던 옷을 물려받아 입었던지 내가 옷을 사 주면 어린아이처럼 좋아했었다. 그런데 이젠 그런 남편의 옷도 못 산다고 생각하니 미칠 것만 같았다. 소소한 행복마저 다 뺏긴 듯했다. 그게 어찌나 서러운지 동사무소에서 참았던 눈물이 폭발했다. 상점들이 많은 곳이라 유동인구도 많았을 텐데 아무도 보이지 않았다. 가슴속 깊이에서 우러나오는 설움의 눈물. 누가 보든 말든 의식하지 않았다. 왜 젊은 여자가 땅바닥에 주저앉아 우는지 영문도 모른 채 그들은 나를 쳐다봤겠지만, 개의치 않았다. 내 손으로 남편의 사망신고를 하고, 8살짜리 딸이 호주가 되고, 피 한 방울 섞이지 않은 남이라고 단정 짓는 것만 같은 대한민국 법이 그저 서러울 뿐이었다.

남편이 떠난 후, 한 달 만에 수원으로 이사를 했다. 세 모녀를 그렇게 둘 수 없었던 언니의 권유로 언니가 사는 곳 옆으로 왔다. 아이들 학교와 유치원 등록을 하기 위해 주민등록등본이 필요해서 낯선 동사무소에 가서 서류를 뗐다. 또

한 번 지워진 이름에 가슴이 미어졌다. 나는 분명 세대주였고, 큰 딸아이는 호주였다. 남편의 이름은 없었다. 대한민국 법은 왜 그 모양인지 원망스러웠다. 하늘색 종이 한 장에 기록된 이름은 셋뿐이었다. 필요한 서류를 뗄 때마다 느껴야 하는 그 허탈감과 쓰린 마음은 아주 오래도록 이어졌다.

그로부터 5년 후(2005년 3월 31일) 호주제도가 폐지되었다. 사랑하는 가족을 잃고 아픔을 겪는 분들이 나와 똑같은 경험을 하지 않아도 되니까 다행이다. 하지만 사망신고 기간을 좀 더 넉넉하게 주는 건 어떨까 생각해 본다. 물론 사람이 죽으면 서류상 처리해야 할 일들이 많은 건 사실이다. 그래도 어느 정도 마음 추스를 시간은 줘야 하는 게 아닌가.

지켜주지 못해 미안해요

꿈을 꿨다. 남편이 떠나기 한 달 전에. TV에서나 볼 수 있었던 상여 나가는 모습이었다. 실제로 한 번도 본 적은 없다. 아주 넓은 벌판에 몇몇 사람들이 상여를 짊어지고 가고 있었다. 알록달록 꽃상여도 아니고 하얀 꽃들로 장식한 상여다. 하얀 상복을 입은 한 여인이 먼발치에서 상여를 보고 있었다. 그 여인은 바로 나였다. '저 안에는 누가 있을까?' 상여 안에 어떤 사람이 죽어있는지 궁금해하며 눈을 떴다. 마치 현실처럼 생생했다. 남편이 떠난 후에야 그 꿈이 무엇을 암시했었는지 알게 되었다.

남편은 자기가 그렇게 떠날 것을 예감이라도 한 것처럼 행동했다. 떠나기 일주일 전. 신문광고를 찢어서 들고 와서는 생명보험을 들어달라고 했다. 평소에 보험에는 관심도 없던 사람이다. 좀 의아했지만, 아이들 교육보험 외에는 보험이 없던 터라 괜찮을 것 같았다. 아이들 보험 관리해 주던 보험설계사한테 연락했다. 그분이 마침 해외 연수 중이라 귀국하면 만나자고 했다. 그래서 보험은 들지도 못했는데 얼마나 다행인지 모른다. '서방 잡아먹은 년' 소리까지 듣는 마당에 내가 남편 사망보험금 타서 그 돈으로 잘 먹고 잘산다는 소리 안 듣게 되니 그나마 나았다. 아직도 그 보험을 못 든 걸 후회하지 않는다.

남편은 갑자기 나한테 면허증을 따라고 했다. 그래서 운전면허학원에 등록하여 필기시험은 통과했다. 코스시험과 주행시험이 남아있었다. 남편이 운전을 가르쳐 준다고 했다. 그런데 어찌나 구박하고 화를 내는지, 평소에 큰소리 한번 안 치던 사람이 그때는 아주 무섭게 나를 가르쳤다. 그렇게 떠나려고 했었는지. 내가 면허증 따면 가장 하고 싶었던 일이 있었다. 남편이 밖에서 술 마셨을 때 내가 운전해서 데리러 가보고 싶었다. 아쉽게도 그러질 못했다.

떠나기 전날. 잃어버렸던 휴대폰 위약금도 모두 갚았다며 자랑하고, 내 휴대폰까지 사 왔다. 다음 날이 야유회였는데 당시 친구들 친목회 총무였던 남편은 몇 달 밀린 장부 정리까지 했다. 직원들 말에 의하면, 회사 야유회 장소를 바꾼 것도 남편이었다고 한다. 남편은 낚시가 취미였고 거의 매주 주말마다 가족들과 나들이 겸 낚시하는 것을 좋아했다. 그런데 죽은 그 자리는 우리 가족이 3주 동안 연속해서 놀던 계곡, 그 유원지였다. 그곳은 얕은 계곡이라 여름철 아이들 물놀이하기에 좋다. 큰 물고기는 아니어도 남편이 좋아하는 낚시도 즐길 수 있는 곳이다. 원래는 회사 대표님 별장으로 가기로 했다는데 왜 갑자기 장소를 바꿨을까. 옛말에 사람이 죽기 전 죽을 자리를 미리 본다고 하더니, 그 말이 맞는 걸까. 왜 하필 우리 가족의 추억이 많이 담긴 그곳에서 떠났는지 모르겠다. 사인은 심장마비라고 했다. 깊은 물이 아니어서 익사는 아닐 것이다. 야유회 당일에 저녁 식사를 한 후 깜깜한 밤, 직원들과 그물망으로 물고기를 잡다가 갑자기 남편이 안 보였다고 한다. 몇 시간이 지나도 남편이 안 보이자 직원들은 실종된 남편을 찾기 위해 112에 신고를 하고 119에도 신고를 했다고 한다. 한밤중이라 실종된 남편을 찾기가 쉽지 않아서 다음 날 해가 뜬 후에야 스쿠버다이버에게 발견된 남편을 물속에서 찾았다. 그러니까 남편이 죽는 순간을 본 사람은 아무도 없는 셈이다. 심정지가 와서 그대로 물에서 쓰러졌다는 것이 의사 선생님의 소견이었다.

내가 따라갔었다면 우리의 운명은 달라질 수 있었을까?

집 대출금 갚아야 해서 조금이라도 보탬이 되고자 나는 틈틈이 집에서 부업을 했다. 그날 밤도 새벽까지 액세서리 조립인 부업에 매진했다. 남편은 예전 같으면 무조건 같이 가려고 했을 텐데 이상하게도 다음 날 아침 일찍 데리러 온다고 했다. 여름이니 아이들 텐트에서 자면 벌레 물린다고 걱정하며 가족 동반 야유회임에도 혼자 떠났다. 모든 게 의문이었다. 떠날 거라는 예감을 했었는지 혹시라도 우리 앞에서 그런 모습을 보이게 되면 우리가 충격받을까 봐 두고 떠났는지 알 길이 없었다.

남편과 살던 그 집을 정리하고 이사한 지 얼마 되지 않아 결혼기념일이 되었다. 결혼기념일이랑 남편 생일이랑 며칠 차이가 나지 않아 종일 파티 준비를 했다. 빨간 장미꽃이랑 안개꽃 다발을 사서 화병에 꽂고, 남편이 좋아하는 매운탕도 끓였다. 생크림 케이크도 사고, 평소 마시지 않았던 와인도 샀다. 왠지 분위기 있을 것 같았다. 남편이 좋아하는 막걸리도 샀다. 그때까지만 해도 괜찮았다. 아이들이 늘 잠드는 시간 9시가 되었다. 식탁에 가지런히 준비해 둔 것들을 차려놓고 촛불도 켰다. 분위기 좋은 잔잔한 클래식 음악도 틀어놓았다. 제법 분위기가 났다. 마지막으로, 장롱 속에 고이 보관해 둔 남편 영정사진도 꺼냈다. 맞은편 의자에 조심스럽게 놓았다. 남편의 숨결이 느껴지는 것 같았다. 마치 옆에 있는 것처럼 혼잣말도 했다.

"자기야, 오늘이 무슨 날인 줄 알아? 우리 결혼한 지 8주년 되는 날이야. 애들 방금 잠들었어. 보고 있어? 근데, 보고 싶다. 너무 보고 싶어! 미안해요! 사랑해요!"

남편은 막걸리, 나는 와인. 술을 잔에 따라 놓고 한 손에는 와인, 한 손에는 막걸리 잔을 들었다. 두 잔을 부딪치며 건배까지 했다. 남편이 보고 있는 것 같았다. 눈물도 나고 웃음도 나왔다. 난 평소에 술 한 모금도 마시지 못하는 체질이다. 남편은 술 못 마시는 여자라서 나를 더 좋아했다. 그날은 그냥 마셔보고 싶었다. 흉내라도 내보고 싶었다. 와인 반 잔쯤 마신 것 같은데 정신을 잃었던 모양이다. 화장실 바닥에 쓰러져 있었다. 잠든 것인지, 기절했던 건지는 모르지만 깨어나 정신을 차리고 보니 내가 무슨 짓을 했는지 알 수 있었다.

'아! 남편이 없구나! 이제 나는 결혼기념일도, 남편 생일도 못 챙기게 됐구나!'

복받치는 설움에 아이들 깰까 봐 조용히 눈물을 삼켰다. 술도 못 마시는 여자가 술 마시고 쓰러진 모습을 보면 남편이 얼마나 가슴이 아플까 생각하며 식탁을 정리했다. 남편이 없어도 그가 싫어하는 행동은 절대 하지 않겠다고 결심했다.

남편은 왜 죽었을까? 어쩌다가? 죽음을 맞이하는 순간 무엇을 생각했을까? 차마 우리 세 모녀를 두고 떠날 수 없어서 얼마나 울고 몸부림쳤을까? 얼마나 보고 싶었을까? 남편의 마음을 헤아리자니 머리가 터질 것 같고 가슴의 통증은 어떤 고통과도 비교되지 않았다. 만약 그날 내가 우겨서라도 따라갔다면, 남편의 죽음을 막을 수 있었을까? 내가 따라갔어도 밤에 아이들 곁을 지켰겠지, 남편 따라서 물고기 잡으러 갔을까? 시댁에서는 왜 따라가지 않았느냐고 내가 같이 갔으면 죽지 않았을 거라고 나를 원망했다. 하나하나 생각해 보면 죽기 며칠 전부터 안 하던 행동도 많이 했고, 예지몽 같은 꿈도 꾸었다. 아무것도 눈치채지 못하고 예감하지 못했던 내가 바보였다. 나 자신이 원망스러웠다. 내가 같이 갔다면 남편을 지켰을 수도 있었다는 안타까움은 쉽게 가라앉지 않는다. "정이 아빠! 지켜주지 못해 미안해요!"

꿈에서 깨어나질 않기를

올해 2월쯤으로 기억된다. 소파에 드러누워 TV 채널을 돌리다 벌떡 일어나 앉았다. 죽은 사람이 나타나 노래도 하고, 춤도 추는 장면이 나왔다. 실제로 죽은 사람이 다시 살아나서 무대에 선 것 같은 착각이 들 정도였다. 약 12년 전에 심근경색으로 갑자기 우리의 곁을 떠난 가수. 혼성 그룹 '거북이'의 터틀맨 임성훈의 모습이었다. 화려한 무대와 경쾌한 음악이 깔리자 가수들이 등장했다. 양쪽에 여자 가수 두 명이 서 있고, 중간에 AI로 변신한 덩치 큰 남자 가수는 분명 터틀맨이었다. 그 그룹의 노래는 항상 신나고 희망찬 메시지를 주었다. 지금도 가끔 그 그룹의 노래를 들으면 힘이 저절로 솟는다. 터틀맨의 가족인 어머니와 형님이 함께 자리하셨다. 계속 눈물을 흘리셨다. 아픔이 공감되었다. 마치 내 일 같았다. 눈물이 줄줄 흘렀다. AI로 변신한 터틀맨과 두 여자 가수의 화려한 무대가 끝나자, MC들도 모두 울었다. 터틀맨의 죽음이 슬픈 건 잠시뿐. 줄줄 흐르는 눈물. 다른 무언가를 그리워하게 했다. 바로 내 남편이다.

10년이면 강산이 변한다는 말이 있듯이, 남편이 떠난 후 강산은 두 번이나 변했다. AI 기술은 날로 발전하여 사람보다 더 똑똑한 로봇이 생길 만큼 세상은 변했다. 죽은 사람이 현실처럼 나타나 공연하는 모습을 보면서 'AI 남편'을 상상했다. 남편을 그렇게라도 만나고 싶었다. 어쩌면 가능할 수도 있겠다는 기대감도 들었다. 얼마만큼 돈을 벌어야, 얼마만큼 돈을 갖다 줘야 그 기술로 나도 남편을 볼 수 있을까 물어보고 싶었다. 남편을 보면 참아왔던 눈물이 쏟아질까 봐 20년이 넘도록 앨범 속 남편의 사진도 펼쳐볼 수가 없다. 용기조차 없다. 그런데 이제는 AI로 죽은 사람도 볼 수 있는 시대가 왔다. 만약 AI 남편을 만나게 되면 나는 어떤 말부터 해야 할까. 상상해 봤다. 지금은 남편보다 내가 훨씬 나이가 들어 중년이 되었는데 알아볼 수는 있을까? 그 환하고 천진난만한 미소부터 떠오르는 남편 얼굴. 그 장면들을 상상하며 곧 현실이 될 수도 있겠다는 기대감이 생겼다. 난 아마 목이 메어 아무런 말도 못 하고 울기만 하겠지.

그러면 예전처럼 내 눈물 닦아 주면서 따뜻하게 꼭 껴안아 주겠지. 그리고 고생했다고, 애썼다고, 잘 살아냈다고 쓰다듬어 주겠지. 무슨 말을 해야 할지 모르겠지만, 딱 한 번만 그렇게라도 보고 싶다. 말 못 하는 인형처럼 가만히 있어도 그냥 모습만이라도 봤으면 좋겠다. AI 남편.

〈태양의 후예〉라는 인기 드라마를 봤다. 평소에 드라마는 잘 안 보는 편인데 종방한 지 한참 지나서 몰아서 봤다. 워낙 화제였고 내 고향 태백에서 촬영한 거라 궁금했다. 보는 내내 흥미로웠다. 남자주인공 유시진 역을 맡은 송중기 사진을 집 안 곳곳에 붙여놓을 정도로 매력에 푹 빠져서 봤다. 마치 내가 여주인공이 된 듯했다. 유시진이 죽은 줄로만 알았던 연인 강모연(송혜교 분)이 1년이란 시간을 슬픔으로 보내며 울 때 나도 같이 울었다. 그 아픔을 누구보다도 잘 알기 때문이다. 16회, 마지막 회였다. 유시진이 거짓말처럼 살아서 나타났다. 역시 드라마나 영화에서나 가능한 일이다. 유시진의 1주기 제삿날이라고 찾아갔던 사막의 모래 위, 그 재회 장면을 잊을 수가 없다. 그 장면을 보면서 내가 강모연이라면 얼마나 좋을까 부러워하며 얼마나 울었는지 모른다. 여운이 남는 장면이다. 감동적인 장면이기도 했지만, 그토록 내가 원했던 일이다. 나도 그 드라마처럼 남편이 다시 살아 돌아오면 좋겠다. 내 남편도 그렇게 살아 돌아온다면 얼마나 좋을까? 하지만 그런 기적은 절대 없다. 예수님처럼 부활하는 그런 기적이라도 있었으면 좋겠지만, 없다. 아무리 AI가 대신해주는 세상이고 과학이 발달했어도 그런 기적은 있을 수 없다. 그게 사람의 힘으로는 도저히 어쩔 수 없는 세상의 이치인가 보다.

남편 꿈을 꿨다. 아주 오랫동안. 지금은 가끔 꾸지만 10년 전까지만 해도 거의 매일 꿨다. 꿈에서라도 절실하게 만나고 싶었다. 꿈 내용은 거의 비슷했다. 남편이 살아 돌아오는 꿈, 남편을 찾아 헤매는 꿈, 꿈에서 희미하게 나타나 보이지 않는 남편을 잡기 위해 헤매는 꿈. 남편을 찾기 위해 미친 듯이 돌아다니는 꿈. 결국 찾지 못하고 절망 속에서 울다가 깨어보면 베개가 다 적셔져 있었다. 늘 반복되는 꿈이었다. 때론 꿈에서 소리 내어 울면 실제로도 울고 있었다. 나도 모르게 꿈에서 흘리는 눈물과 울부짖음에 몸부림치다 깨어나 보면 또 꿈이었다. 그 허탈함에 가슴을 부여잡고 흐느꼈다. 그 세월이 10년이었다.

어떤 날은 작은 아이가 부스스 눈을 비비며 일어나 물었다.

"엄마, 또 아빠 꿈꿨어?"

말없이 눈물만 감출 뿐. 둘러댈 말이 없었다.

"엄마, 울지 마. 내가 재워줄게. 아빠 나빴어!"

"아니야, 아빠 나쁜 사람 아니야. 아빠는 하늘나라에서 엄마보다 더 많이 울걸?"

어린 나이에 죽음이 뭔지 몰랐던 아이. 아빠가 꿈에 나타난 게 나쁜 게 아니라, 하늘나라에서 왜 안 오는지가 나쁘다고 생각하던 때였다. 입버릇처럼 "아빠 나빴어!" 했다. 나름대로 아이들 앞에서 눈물을 보이지 않으려 했는데 그렇게 들킨 적이 한두 번이 아니다. 잠이 덜 깬 아이를 안고 토닥이며 다시 재우다 보면 베개를 흠뻑 적셨다. 일일드라마도 아니고 늘 연결되는 듯한 비슷한 꿈은 울다가 깨도 괜찮았다. 꿈이어도 괜찮았다. 남편을 볼 수 있었으니까. 느낄 수 있으니까. 뚜렷한 장면도 없이 희미한 안개 같은 곳, 그 어디에서라도 남편의 흔적이 느껴지고 남편이 보이면 제발 꿈이 아니길 바랐다. 꿈에서 그리운 사람을 만나거나 행복하고 즐거웠던 장면이 연출되면 꿈이 아니길 바란다. 꿈에서 깨어나 현실이 아님을 알게 되어도 종일 그 꿈 때문에 미소 짓게 되고 생각하게 된다. 마치 아주 좋은 일이 생길 것처럼. 나도 어떤 때는 꿈이 아니기를, 꿈에서 깨어나지 않기를 간절히 바란 적도 많다. 때로는 계속 남편 꿈을 꾸고 싶어서 억지로 자려고 한 적도 있다. 꿈에서 깨어나지 않기를 바라면서.

영혼과의 만남, 또 이별

모태신앙이다. 어릴 때 교회에 안 가면 엄마한테 혼나니까 끌려다녔다. 엄마에게서 벗어나면 교회에 안 가도 될 것 같았다. 시댁은 불교라 그나마 다행이었다. 시댁이 불교라는 핑계를 대며 결혼생활 내내 교회에 가지 않았다. 그런데 남편이 떠나고 누가 강요한 것도 아닌데 언니네 가족이 다니는 교회에 자발적으로 나갔다. 교회에 가서 내가 하는 것은 아무것도 없었다. 성도들과 교제하지도 않았고, 기도하지도 않았고, 찬양도 하지 않았고, 목사님 설교도 듣지 않았다. 그냥 주일이면 교회 가서 멍하니 앉아있었다. 눈물은 자동이었다. 영화 〈밀양〉에서 자식을 잃은 여주인공이 교회에 앉아 오열하는 장면과 흡사했다. 내가 교회에 열심히 다녔더라면 남편이 죽지 않았을까? 남편의 죽음이 내가 기도를 안 해서, 마치 벌을 받은 느낌이 들었다.

아무것도 안 하고 그냥 앉아있다가 와도 교회에 가는 게 조금은 위안이 되었다.

남편이 떠난 후, 한 달 정도 시간이 흘렀을 때다. 시어머니께서 조심스럽게 어떤 제안을 하셨다. "어멈아, 아범이 밖에서 객사했기 때문에 영혼을 잘 달래어 보내야 한다. 그러니 굿을 하자." 천도재 같은 건가? 어디 교과서에서나 본 듯했다. 무속인들 전문용어로 뭐라고 했는데 기억이 안 난다. 생소했지만 남편한테 좋은 일이라니 거절할 이유가 없었다. 시어머니 손에 이끌려 무속인들을 만나러 다녔다. 비용이 만만치 않았다. 어떻게 해야 하는지 몰라서 그저 시키는 대로만 했다. 믿건 안 믿건 그게 중요한 게 아니라 이승을 떠나는 남편이 그나마 좀 편해질 수 있다면 뭐라도 하고 싶었다. 내 목숨도 아깝지 않았다.

남편을 보내고 며칠 있다가 생긴 일이다. 깜빡 잠이 들었는데 새벽녘에 왠지 스산한 기운이 들어 눈을 떴다. 커튼이 바람에 흔들리더니 푸른색의 빛이 우리 집을 비추다 스르르 사라졌다. 어릴 적 보던 전설의 고향 장면 같았다. 무섭지는 않았다. 놀라서 벌떡 일어났다. 옆에서 주무시던 친정엄마도 벌떡 일어나셨다. "아범이 왔다 갔네."

내가 그런 장면을 느낄 때 엄마는 환상이었는지, 꿈이었는지 내 남편을 봤다고 하셨다. 자는 아이들 얼굴을 물끄러미 바라보더니 현관 밖으로 나갔다고 한다. 어떻게 똑같은 시간에 이상한 체험을 할 수 있는지, 내 남편의 영혼이 왔다 갔다는 착각이 들었다. 남편이 우리에게 너무 미안해서 주위를 맴돌고 있다는 생각을 하니 가슴이 아팠다. 그런 체험을 해서 그런지 영혼이 존재한다고 믿었다. 그리고 남편이 우리 세 모녀를 지켜준다고 믿었다. 시어머니의 제안을 받아들인 이유였다.

남편의 혼을 달래어 보내는 날이다. 남편이 떠난 자리. 그 계곡은 언제 그런 일이 있었냐는 듯 맑고 고요했다. 산새들은 예전보다 더 시끄럽게 지저귀는 것 같았다. 어렸을 때 시골에서 동네 굿판이 벌어지면 구경하러 가곤 했는데 그게 내 일이 될 줄은 몰랐다. 의식이 진행되는 동안 아내인 내가 동참해야 할 일이 꽤 많았다. 남편의 혼을 담아야 하는 의식이었다. 무속인의 몸을 빌린 남편의 혼은 어쩌다 그런 일이 벌어졌는지 하나하나 설명하기 시작했다. 어쩜 그렇게 직원들의 증언과도 일치하는지, 그런 걸 믿어야 하는지 긴가민가하면서도 의식을 따랐다. 종일 이어지는 의식들 속에 몸을 가눌 힘이 없었지만, 정신만은 똑바로 차렸다. 마지막으로 무속인의 몸에 남편의 영혼이 담겼을 때다. 모든 게 처음이었지만, 남편의 영혼이 그분의 몸에 진짜 있다는 확신이 들었다. 아니 그렇게 믿고 싶었다. 남편의 영혼, 나를 바라보는 눈빛, 말투, 당신의 아픈 마음, 심지어는 우리 둘만 아는 비밀이야기까지도 줄줄 스스럼없이 나한테 이야기했다. 오싹했다. '진짜 남편이구나!' 느끼며 부둥켜안았다. 우리의 못다 한 사랑과 안타까움은 눈물로밖에는 표현할 길이 없었다.

"나 이제 가야 해. 가고 싶지 않지만 갈 수밖에 없어. 내가 당신이랑 아이들 꼭 지켜줄게. 나 믿지? 건강해야 해!"

내 얼굴을 만지고, 내 머리를 쓰다듬고, 내 눈물을 닦아주며 나를 다독였다. 저승이란 곳은 정해진 시간이 있는지 알 수는 없지만 가려고 하는 남편 영혼을 붙잡고 매달렸다.

"가지 마! 나도 갈 거야! 나도 데려가! 자기 없이 나 혼자 힘들어! 나 혼자 못 버틴다고!"

같은 말만 수없이 반복했다. 까무러쳤다가 다시 일어나 울며불며 가지 말라고 매달렸다. 남편의 영혼은 야속하게도 그렇게 또 떠나갔다. 어쨌든 죽은 사람에게 그런 걸 해줘야 좋은 세상에 가서 잘 살 수 있다고 하니 조금 안심은 되었다. 그렇게 갑자기 떠난 남편을 원망하고 미워해야 하는데 신기하게도 그때도 지금도 내 남편이 나보다 더 아플 거라는 생각뿐이다. 차라리 미워하고 원망하며 정을 떼야 한다고 주변에서 이야기하는데 그러고 싶지 않았다.

남편의 영혼을 떠나보내고 다시 슬픈 일상이었다. 교회로 돌아갔다. 그런데 남편의 영혼을 만났던 그날이 자꾸만 생각났다. 교회에서는 남편 영혼을 볼 수 없지만, 무속인을 만나면 남편의 영혼을 만날 수 있다는 유혹에 빠졌다. 5년이란 시간을 무속인들을 만나러 다녔다. 완전 거기에 빠져 미쳐 있었었다. 이 세상에 영혼 따위는 존재하지 않는다고 생각했다. 그런 미신은 믿지도 않았던 나였다. 그런데 무속인의 몸을 빌려 남편의 영혼을 만나는 일은 남편에 대한 그리움을 대신할 수 있었다. 그렇게라도 남편을 보고 싶었고 만나고 싶었다. 무속인들은 한결같이 똑같은 말을 했다. 남편이 아직 못 떠나고 있다고. 그런 말을 들으면 더 아팠다. 남편의 영혼을 만나려면 큰돈이 필요했다. 있는 돈, 없는 돈 달달 긁어야 했다. 그러니 자주 만나지는 못했다.

10년 전, 남편의 영혼과도 이별하는 마지막 날이었다.

“이제 이런 곳에 오지 마! 제발 그만 좀 해! 나 좀 보내 줘!

나도 이제 떠나고 싶어! 당신이 나를 이렇게 붙잡고 있으니 내가 어떻게 떠나?"

예전과는 사뭇 다른 남편의 모습이었다. 애끓는 목소리와 눈물로 나를 혼내고 달랬다.

"싫어! 같이 갈래! 나 정말 혼자는 힘들어! 못 견디겠어! 나 좀 데려가 줘! 제발!"

얼굴에 눈물과 콧물이 덮여 말을 이을 수 없었다. 매번 같은 말이었지만 진심이었다.

"내가 우리 아이들이랑 당신 꼭 지켜줄게. 이제 나 보내고 마음잡고 살아. 그게 나를 위한 길이야."

내 눈을 쳐다보며 또박또박 말했다. 그리고 돌아섰다. 안간힘을 다해 붙잡았지만, 무속인으로 다시 돌아온 사람은 더 이상 남편이 아니었다.

설움에 북받친 나의 비명. 한참을 쓰러져 있다가 몸을 일으켰다. 10년을 버티며 살아냈는데 남편을 따라가고 싶었다. 사는 게 지쳤다. 나도 안다. 그 길을 따라갈 수 없다는 것을. 이승과 저승의 사랑은 존재할 수 없다는 것을. 남편 영혼과의 만남. 그리고 또다시 이별.

난 그때까지 정말 몰랐다. 그동안 남편이 하늘나라에서라도 좋은 곳에 가길 바랐다. 그런 의식을 여러 번 해줬던 이유였다. 내가 붙잡고 있어서 못 간다고 하니 정신이 번쩍 들었다. 남편의 본심일 거라는 생각도 들었다. 그때 깨달았다. 그리고 인정했다. '아! 내가 남편을 붙잡고 있었구나!' 결국은 내가 남편을 보내지 못했던 거였다. 남편이 원하는 대로 진심으로 그를 놓아주기로 했다. 남편이 진심으로 원하는 일일 테니까. 내 남편이 싫어하니까. 내 남편이 싫어하는 짓은 안 할 거니까. 남편의 영혼을 만날 수 있었던 그곳들은 내가 마음 놓고 울어도 괜찮았다. 대성통곡을 해도, 발을 구르며 오열을 해도, 마음 놓고 죽고 싶다고 해도, 따라갈 거라고 해도 아무도 뭐라 하지 않았다. 그곳은 유일하게 내 울음을 다 토해낼 수 있었던 비밀의 장소였다. 볼 수도, 만질 수도, 안을 수도 없는 남편이지만 그래도 일 년에 세 번은 그를 맞이할 수 있음이 다행이다.

다시 돌아가고 싶은 집

"엄마, 엄마는 그동안 살면서 가장 행복했던 나이대가 언제야?"

며칠 전 작은딸이랑 저녁밥을 먹는데 딸이 질문을 했다.

"글쎄다. 아마도 20대?"

"왜?"

"엄마의 20대는 항상 아빠가 곁에 있었으니까."

괜한 질문을 했다는 듯 딸아이는 숙연해지며 말없이 밥을 먹었다. 밥상을 치우며 20대를 떠올렸다. 22살에 남편을 만나 24살에 결혼하고 딸 둘을 낳았다. 넷이 알콩달콩 웃음꽃이 피었던 가장 행복했던 시절이다.

"우와! 정말 여기가 우리 집이야?"

"그럼! 우리 집이지!"

남편과 결혼한 지 8년 만에 꿈에도 그리던 내 집 마련을 했다. 넉넉해서 산 집은 아니었지만 새로 지어진 아늑한 그 빌라에서 두 달간의 행복은 잊을 수 없다. 남편 없는 하늘 아래 지금껏 한 번도 느끼지 못했던 행복한 날들이다. 우리 가족의 행복했던 순간이 그곳에 고스란히 담겨있다. 어떻게든 둘이 힘을 합쳐서 5년 안에 대출금 상환하자며 약속했다. 나는 안에서, 남편은 밖에서 주어진 일을 더 열심히 하면서도 힘든 줄 몰랐다. 늘 웃음꽃이 피었다. 매일매일 남편 퇴근 시간쯤 되면, 남편이 좋아하는 음식 준비하는 시간이 하루 중 가장 바쁘면서도 즐거웠다. 반주로 늘 마시던 막걸리까지 준비하고 남편을 기다렸다. 그 시간을 회상하자니 남편의 숨결이 느껴진다. 밖에서 기다리던 두 딸아이를 번쩍 안고 들어와 조잘대는 아이들 일과를 들으며 맞장구쳐줬던 남편, 밥상에 둘러앉아서도 대화가 끊이지 않았던 그 집. 아이들이 잠이 들면 남편은 가장 편안한 자세로 거실을 뒹굴며 쉼과 행복을 만끽했던 모습들이 생생하다. 20년이 넘었는데 아직도 그 집에 기억이 머물고 있다. 돌아오지 못할 남편, 돌아갈 수 없는 시간임을 알면서도.

그 집에서의 웃음소리, 아이들 조잘대는 소리, 귓가에 맴돈다. 새집인데도 쓸고 닦고 반짝반짝 빛나게 꾸몄다. 우리 가족의 향기가 느껴진다. 아이들 정서에 좋다고 물고기도 키웠다. 자유롭게 어항 속에서 노닐고 있는 물고기들. 베란다에서 키우던 한 쌍의 원앙. 지지배배 흥겹게 노래 부르는 것만 같다. 남편이 들어오면 쪼르르 달려가 젤 반겨주던 강아지도 까불며 놀고 있는 듯하다. 워낙 손재주가 좋아서 그가 직접 만들어 놓은 편의시설이나 아이들 장난감도 생각난다. 그의 손이 가지 않으면 가사일 밖에는 하지 못했던 나였다. 그곳에서 그의 흔적과 체온을 느끼며 그 집을 정리해야 했던 시간을 돌이키니 눈시울이 뜨거워진다.

우리가 만난 건 나와 가장 친한 친구의 결혼식에서였다. 결혼한 친구 집에 놀러 갔다가 남편과 우연히 몇 번 마주치게 되었고 자연스레 친해졌다. 그냥 그 남자의 해맑은 미소와 유머러스한 분위기가 너무 상큼하고 좋았다. 옆에 있으면 항상 웃게 되었다. 독서를 즐기는 사람이라 머릿속에 많은 지혜와 지식이 내겐 큰 감동이었다. 배울 점도 많았고, 보면 볼수록 유쾌했다. 그런 모습에 남편에게 이끌렸다. 많이 웃어줬던 내가 예뻤던지, 우리는 자연스럽게 연인이 되었다. 함께 있으면 행복했다. 사람들은 우리에게 닭살 커플이라고 했다. 남편 눈에는 내가 그때 가장 인기를 끌었던 연예인 고현정이었고, 내 눈에 남편은 이병헌이었다. 아직도 TV에 그 두 배우가 나오면 옛 추억이 생각나 웃는다. 그때 고현정 닮았다, 이병헌 닮았다 하면 어이없이 쳐다봤던 사람들의 표정들이 생각난다. 한 대씩 쥐어박는 사람들도 있었다. 웃음이 난다. 남편은 5남매 중 넷째로 시아버님이 39세에 돌아가셨다. 어렵고 불우한 가정에서 자랐다. 그래도 참 밝고 씩씩하게 잘 컸다, 멋진 사람이라는 생각을 하며 만났다. 지금 생각해도 참 인성이 바르고 괜찮은 사람이다. 난 그런 남편을 늘 존경했고 지금도 존경한다.

"집이 몇 평이에요? 사는 동네가 어디예요?"

아파트 몇 평에 사는지, 그 아파트가 강남인지 강북인지 따지며 생활수준을 짐작하는 사람들이 있다. 집이 몇 평인지, 어느 지역인지보다는 사랑하는 가족이 곁에 있는 게 더 중요한 것 같다. 예전처럼 남편이 울타리가 되어 주는 그런 집이 생긴다면, 그 어디든 머물고 싶다. 다시 돌아갈 수 없는 꿈같은 집. 내 삶에서 가장 행복했던 순간. 남편과 함께 머물 수 있는 집. 다시 돌아가고 싶다.

2장

나를 가슴에 품고 떠난 분들

아비 잡아먹은 년

"막내 어디 갔어?"

아버지 장례식장이다. 작은오빠가 나를 찾고 있다. 나는 아무도 안 보이는 구석에 숨어 있었다. 자꾸만 나를 찾는 오빠의 화난 목소리에 조심스럽게 내 모습을 보였다.

"넌 도대체 뭐 하고 있어! 이렇게 바쁜데 일하지 않고!"

조문객들이 많았다. 올케언니가 분주하게 움직이며 접대를 했다. 미안했다. 금방이라도 눈물이 쏟아질 것 같았다.

"왜 막내한테 소리 질러! 네가 뭔데! 남편 없는 것도 서럽고 기죽어서 그러는 애한테 왜 난리야!"

엄마가 나서서 오빠한테 쏘아붙였다. 참고 있던 울음이 터져버렸다. 너무 죄스러웠다. 창피했다. 자꾸만 숨고 싶었다. 사람들을 볼 수 없어서 구석에 있었는데 우리 엄마는 무조건 내 편이다. 위기 때마다 '짠' 하고 나타나는 슈퍼우

먼 같다. 엄마는 나를 달래며 눈물을 닦아 주셨다.

"괜찮아, 괜찮아. 울지 마. 아이고 내 새끼! 남편 없는 것도 서러운데. 눈치 보여서 그러는데 미친놈의 새끼가 괜히 애한테 소리 지르고 있어!"

엄마는 괜찮다며 연신 내 머리와 내 등을 쓰다듬어 주셨다. 요즘 장례식은 상조회사에서 알아서 해준다. 하지만 20년 전만 해도 그렇지 않았다. 그러니 들이닥친 몇백 명의 조문객들을 가족들이 안내하고 접대해야 했다. 그런데 내 모습은 계속 안 보이니 오빠로서는 화낼 만하다.

남편의 사망 소식을 들은 아버지는 바로 쓰러지셨다. 충격이 크셨던 모양이다. 친정집은 핵폭탄을 연이어 2개나 맞은 상태였다. 아버지는 남편 장례식장에도 못 오셨다. 남편의 죽음에 대한 충격이 너무도 컸기에 아버지가 쓰러지신 건 크게 와닿지 않았다. 곧 일어나실 거로 생각했다. 남편의 장례식을 치르고 나서 며칠 뒤였다. 아버지가 누워 계신 병원으로 무거운 발걸음을 옮겼다. 차마 아버지의 얼굴을 뵐 수가 없었지만, 용기를 냈다. 병원 앞에서 몇 시간을 서성거렸다. 대학가 앞이라 그런지 화려한 불빛, 네온사인들로 가득했다. 어디론가 숨고 싶었다. 나도 모르게 들어간

곳은 노래방이다. 처음으로 혼자 노래방에 갔다. 누가 뭐라 하든 말든 내가 목 놓아 울 수 있는 공간이 필요했다. 실컷 다 울고 병원에 들어가면 그나마 아버지 앞에서 눈물을 흘리지 않을 것 같았다. 화려한 조명이 빙글빙글 돌고 시끄러운 음악이 나와도 아무 느낌이 없었다. 그동안 아이들이나 가족들 앞에서 마음껏 울지 못했던 설움이 복받쳐서 소리 내어 크게 울었다. 억울했다. 난 그동안 죄짓지 않고 살았다. 남에게 크게 피해를 준 적도 없다. 사람으로서의 기본 도리는 하고 살았다고 생각했다. 왜 하필 나한테 그런 일들이 연거푸 일어나는지 하늘이 원망스러웠다. 신을 볼 수만 있다면 따지고 싶었다.

겨우 마음을 추스르고 조금 용기 내어 병원 안으로 들어섰다. 아버지는 큰 올케언니가 근무하는 병원에 특혜를 얻어 시골에서 이송되어 오셨다. 거구에 정정하시던 아버지다. 그런데 힘없이 쓰러져 누워 계신 모습은 낯설었다. 무슨 말이라도 해야 하는데, 가까이 가서 아버지 손이라도 잡고 괜찮으시냐고 여쭤봐야 하는데, 머뭇머뭇 그냥 물끄러미 아버지 모습을 쳐다봤다. 그렇게 누워 계신 아버지가 원망스러웠다. 자식을 사랑하는 아버지의 마음은 알지만, 그렇게 약하게 쓰러지시면 안 된다. 적어도 내가 생각하는 아버지들의 모습은 그래야 했다. 아무렴 내가 받은 충격에 비할까 그런 생각이었다. 자식이 그 상황이 되면 아버지는 자식에게 힘이 되어야 한다. 곁에서 든든히 지켜주셔야 한다. 나도 간신히 버티고 있는데 아버지까지 누워 계시니 가슴이 찢어질 것만 같았다. 그렇게 누워 계시면 난 누굴 의지해야 하는지 더 원망스러웠다. 자식이 넘어지면 일으켜 세워 주시던지, 일어서는 법을 가르쳐 주셔야 하는데 아버지는 내게 일어나는 법을 가르쳐 주시지도 않고 돌아가셨다.

아버지는 시골에서 요양 중에 돌아가셨다. 나를 제외한 우리 가족 모두는 아버지의 임종을 지켰다. 그때는 그것조차도 아버지가 원망스러웠다. 왜 나만 안 불렀는지. 그렇게 돌아가실 거면 빨리 오라고 하셨어야 하는 게 아닌가. 그런데 시간이 지나면서 아버지의 깊은 뜻임을 깨달았다. 나 스스로 위안하는 것인지도 모른다. 나 때문에 쓰러지셨다는 엄청난 죄의식을 갖고 살아야 하는 나를 위한 아버지의 배려였다고 생각했다. 나를 보시면 차마 눈을 못 감으셨을 것이다. 점점 아버지를 이해할 수 있게 되었다. 4남매 중 나는 부모님께 가장 많은 사랑을 받았고 함께했던 시간도 가장 많았다. 그런데 씻을 수 없는 고통을 드린 아픈 손가락이 되었다.

아버지의 장례식을 치르는 동안 숨어있다시피 했다. 나를 찾는 조문객은 아무도 없었다. 내 지인들에게는 전혀 알리지 않았기 때문이다. 남편이 그렇게 떠난 이후 나에게 일어나는 모든 일을 누구에게도 알리고 싶지 않았다. 자꾸만 어디론가 숨고만 싶어지는 병이 생겼다.

내 기구한 운명. 내 팔자가 가슴 저미도록 싫었다. 내 운명을 바꿀 수만 있다면, 다시 태어나고 싶었다. "우리 아버지는 나를 이해하셨을 거야! 내 모든 아픔과 불효까지도 감싸 안으실 거야! 우리 아버지는 하늘나라에서도 오로지 내 편이실 거야!" 나 자신을 다독거린다. 그러면 죄책감이 좀 사라질까 봐.

그렇게 뜨거웠던 여름, 남편이 죽은 다음 해 나는 또 상복을 입어야만 했다. 목 놓아 울고 싶었지만, 그러지 못했다. 남편 잡아먹고, 아비까지 잡아먹은 년이 된 것 같았다. 아버지를 가장 많이 이해해 줬던 남편. 아버지의 말벗, 술벗이 되어 주었던 사람. 그곳에서 내가 못한 효도까지 했으면 좋겠다.

아버지의 눈물

'아! 맞다! 참외!'

어젯밤 딸아이가 참외 먹고 싶다고 했는데 마침 참외가 집에 없었다. 종일 일을 하고 기지개를 켜며 허리를 펴다가 문득 참외 생각이 났다. 집에서 횡단보도 하나 건너면 있는 야채 가게에 갔다. 저녁 시간이 다 되어서인지 사람들로 붐볐다. 가게 앞에는 토마토, 참외, 수박, 복숭아, 자두 등 계절 과일들이 수두룩했다. 일단 참외 한 봉지를 집어 들었다. 뭐 다른 거 살 게 있나 살펴보다가 감자가 눈에 들어왔다. 햇감자 한 바구니에 2,000원. 득템했다. 계산하려는데 계산대 옆에 산딸기가 예쁘게 포장되어 있었다. 500g에 8,000원이었다. 다른 과일이라면 들었다 놨다 망설였을 텐데 얼른 집어 들었다. 먹고 싶은 건 둘째치고 아버지 생각이 났다. 어릴 적 추억이 먹고 싶은 거였다. 아! 이맘때였구

나! 얼른 집에 돌아와 탱글탱글 잘 익은 산딸기 반을 접시에 덜어서 한 알 한 알 씹었다. 마치 어린 시절로 돌아간 듯했다. 재배한 거라 그 시절 그 맛은 아니지만 괜찮았다. 그렇게 거의 해마다 산딸기를 사 먹는다.

어릴 때 엄마가 아버지한테 싸 준 도시락. 다 드시고 난 노란색 낡은 양은 도시락에 산딸기를 가득 채워 오셔서 내게 내밀던 생각이 난다. 오로지 나한테 주기 위해서였다. 나 혼자 먹기에도 부족한 양이었다. 오빠들이 뺏어 먹을까 봐 얼른 먹어야 했다. 오빠 둘은 산이며 들이며 같이 쏘다니며 산열매를 잘 따 먹었다. 산에 뱀 나온다고 나를 안 데리고 다녔다. 그걸 아시는 아버지는 나를 더 챙기셨다. 퇴근하시면서 통근 버스를 타고 오셔도 되는데 굳이 산을 넘어오셨다. 잘 익은 빨간 산딸기는 아버지의 퇴근 시간을 기다리게 했고, 단숨에 다 씹어 삼켰던 생각이 난다. 계절마다 머루며 다래며 퇴근길에 아버지가 들고 오시는 도시락 속 산열매는 항상 기다려졌다. 아버지의 사랑이었다. 달력을 보니 때마침 해마다 아버지 산소에 가던 때다. 6월 초에 가서 아버지 산소를 둘러보며 지켜 주셔서 감사하다고, 잘 있다고 인사드린다. 그곳에서 작은아버지의 손길로 자라나는 채소와 오디를 따기도 한다.

아버지와의 시간 속에 가장 가슴 아팠던 날. 그날은 잊지 못한다. 충격으로 쓰러지신 아버지에 대한 원망은 오래도록 지속되었다. 물론 죄책감도 있다. 아버지는 뇌에 이상이 생겨서 언어 전달이 잘되지 않았다. 그렇게 누워 계시는 동안 몇 번 아버지를 뵈러 가면서도 진심으로 아버지를 걱정하기보다는, 자식으로서 의무와 도리라고 생각했다. 몇 번을 뵙는 동안 나와 아버지는 한마디의 대화도 하지 않았다.

아버지의 생전 모습을 본 마지막 날이었다. 그날이 마지막일 줄은 몰랐다. 올케언니들이 분주하게 음식을 만들고 상을 차리고 해도 난 그냥 항상 구석에 있었다. 아무도 뭐라고 하지 않았다. 혹시라도 말 한마디 잘못하면 내가 또 울까 봐. 우리 가족 모두가 내 눈치를 보게 만들었다. 가족들은 모두 모여 맛있는 음식을 먹으며 대화하고, 아버지께 얼굴 보여드리는 게 효도라고 생각했던 모양이다. 난 즐겁지도 않았고 음식 맛도 못 느꼈다. 항상 빨리 벗어나고 싶었다. 음식을 꾸역꾸역 입에 쑤셔 넣는 것조차도 싫었다.

"싫어! 안 먹어! 안 먹는다고!"

"왜 그래, 입맛도 없을 텐데 이거라도 가져가서 먹어라. 먹어야 살지!"

나를 달래며 음식 보따리를 손에 쥐어 주는 엄마의 손을 뿌리쳤다. 그 모습을 아버지는 다 지켜보고 계셨다. 아버지 얼굴도 쳐다보지 않았다. 그냥 다 싫었다.

"아버지, 갈게요. 다음 주에 또 올게요."

언니 오빠들은 아버지 손을 잡고 비비며 인사했다. 나는 아무 말 없이 돌아섰다. 내 등이 아버지에게 보이도록 현관에서 신발을 신었다. 나도 모르게 뒤를 돌아봤다. 아버지가 간신히 기대고 앉아 계시는 소파가 눈에 들어왔다. 햇빛을 못 본 아버지의 하얀 얼굴. 염색하지 않은 백발. 내 얼굴을 뚫어져라 쳐다보시는 아버지의 뺨에 눈물이 흘렀다. 그것도 아주 많이. 처음으로 아버지의 눈물을 봤다. 아무 말 없이 돌아서 왔다. 영화에 나오는 것처럼 달려가 아버지 품에 안겨 울어야 했던 게 맞는지, 아버지 눈물을 닦아 드리며 나 괜찮으니 걱정하지 마시라고, 잘 살겠다고 말했어야 했는지 모르겠다. 아버지의 그 모습이 내겐 마지막이었다. 가슴에 깊이 새겨진 아버지의 눈물.

"우리 막내, 우리 뿌야(아버지가 나를 부르던 애칭)! 얼른 기운 차려야 한다. 입맛 없어도 밥은 꼭 먹고 다니고. 슬프고 아프지만 애들 봐서라도 살아야지. 용기 내서 꿋꿋하게 살렴!"

이 말씀을 하고 싶으셨던 걸까. 부모로서 자식의 아픔을 지켜보는 게 얼마나 가슴 아픈 일인지 이제야 알 것 같다.

아버지는 끝내 내게 아무 말씀 못 하셨고, 감정을 억누르셨다. 나에 대한 사랑을 눈물로 답하신 듯하다. 서로를 쳐다보면 너무 가슴이 아파서 차마 한마디도 주고받지 못했던 아버지와 딸. 차라리 예전처럼 좋아하시던 술 드시고, 술김에라도 하실 말씀을 하셨으면 조금은 위로가 되었을 텐데. 내가 기억하는 아버지의 마지막 생전 모습, 내가 처음 봤던 아버지의 눈물은, 그 모습 그대로 멈춘 채 그리움만 남는다.

내 키가 아버지 가슴까지 자랐을 무렵까지, 아버지 발등에 내 발을 올려놓고 껴안고 온 방을 걸어 다니던 모습. 하나! 둘! 하나! 둘! 리듬에 맞춰 서로 얼굴 바라보며 웃었던 모습. 고3 때까지 업어 주셨던 아버지의 넓은 등. 가끔 시골에 가면, 태백역까지 짐을 들어 주시던 아버지. 기차에 실어주시고 기차가 안 보일 때까지 손을 흔들어 주시던 아버지. 오늘따라 그 모습이 눈에 선하다.

막걸리 한잔의 슬픔

〈미스터 트롯〉이라는 오디션 프로그램 열기가 한창일 때였다. 영탁이라는 가수가 부르는 '막걸리 한잔'이라는 노래를 들었다. 온몸에 전류가 흐르는 것 같았다. 그 곡은 내가 어릴 때 지겹도록 막걸리 심부름을 했던 기억을 연상하게 했다. 아버지가 돌아가신 후 '막걸리'라는 말만 들어도 제일 먼저 떠오르는 사람이 남편과 아버지다. 두 사람 다 막걸리를 좋아했기 때문이다.

지금은 미성년자들이 술을 살 수 없지만, 내 어린 시절은 주전자만 가지고 가면 아무에게나 술을 주던 때다. 외상도 가능했다. 시골은 점방(슈퍼마켓)이 많지도 않고, 가깝지도 않아서 막걸리 심부름은 그리 쉬운 일이 아니다.

"뿌야! 막걸리 받아 와라!"

도망치고 싶었다. 듣기 싫었다. 매번 순종하지는 않았다. 투덜투덜하면서도 아버지의 심부름은 막내인 내 몫이었다. 양은 주전자에 받은 막걸리는 걸을 때마다 출렁거려서 넘칠 것 같았다. 조심조심 걸어야 했다. 집으로 돌아오는 길은 너무나 멀게 느껴졌다. 그래서 가끔 홀짝홀짝 맛을 보기도 했다. 달짝지근하면서도 톡 쏘는 느낌, 그 맛이 혀를 자극했다. 진저리가 처진다. 막걸리를 드시면 그냥 조용히나 계시지, 술이 깰 때까지 노래를 부르셨다. 동네가 떠나가라 고래고래 소리 지르며 술주정을 하셨다. 나는 술을 사다 드렸다는 이유로 엄마한테 혼나고, 아버지의 술주정 때문에 엄마 아버지는 자주 싸우셨다. 평소에는 말씀도 없으시고, 해박한 분이다. 그런데 술만 들어갔다 하면 돌변하신다. 술이 지긋지긋했다. 동네에서는 내 이름은 없고 '술주정뱅이 딸'이었다. 아버지의 주사는 이미 온 동네 소문이 나서 아버지의 딸이란 게 창피할 정도였다. 한창 사춘기 때는 길을 가다 술에 취한 아버지를 보면 얼른 숨기도 했다. 술에 취해 비틀거리며 노래 부르던 아버지가 창피했다. 지금은 후회된다. 아버지 때문에 아파하는 이유 중 하나다.

아버지 직업은 광부였다. 내 고향은 강원도 태백. 4남매 중 나만 그곳에서 태어났고, 언니 오빠들은 안동에서 태어났다. 서울에서 했던 아버지의 사업이 크게 실패하자, 태백에서 자리 잡으셨다고 한다. 학창 시절을 보냈던 그곳은 아침에 탄광으로 출근하시는 아저씨들 앞에 여자가 지나가면 재수 없다고 했다. 그 지역 사람들은 그만큼 아주 위험한 직업이라 생각했다. 학교 갈 때 통근 버스 기다리며 줄을 서신 아저씨들을 보면, 안 보이는 곳으로 잠시 숨었다. 탄광으로 향하는 통근 버스가 지나가야만 다시 나와서 걸었다. 광부라는 직업이 얼마나 고된 작업과 중노동인지 내가 직접 체험해보지 않아서 모른다. 그래서 아버지의 고통도 몰랐다. 타지에 나가 공부하는 자식들 뒷바라지와 우리 가족 생계가 달린 일이었을 터다. 광부들에게는 '규폐증'이라는 직업병이 있다. 아버지도 피해 갈 순 없었다. 늘 안방에서 들려왔던 아버지의 기침 소리와 가래 뱉는 소리. 거슬리고 신경 쓰였다. 좀 일찍 철이 들었더라면 아버지를 더 많이 이해해 드렸을 텐데. 술 냄새, 담배 냄새, 기침 소리, 그땐 왜 그리도 싫었는지 모르겠다.

1997년, 태백산 도립 공원 입구에 석탄 박물관이 생겼다. 아버지가 돌아가신 후 방문했던 적이 있다. 그곳을 둘러보면서 가슴이 먹먹했다. 시야가 흐려져 똑바로 볼 수 없었던 장면도 있다. 아버지가 어떤 환경에서 일하셨는지 그제야 알았다. 석탄의 생성 과정, 채탄 과정에서 생기는 사고, 광부들의 고생스러웠던 모습 등을 봤다. 체험실도 있었다. 석탄이 떨어지는 깜깜한 곳. 희미한 불빛 아래 까만 얼굴로 도시락을 드셔야 했던 아버지. 지하 몇백 미터까지 내려가셔서 석탄을 캤는지, 그 환경은 상상할 수조차도 없었던 험한 곳이었다. 그렇게 일하신 아버지의 피와 땀과 눈물로 우리 가족이 먹을 수 있었고, 입을 수 있었고, 편하게 잠을 잘 수 있었고, 공부할 수 있었다. 아버지들은 당연히 가족을 부양해야 한다는 생각에 그때는 아버지의 노고를 몰랐다. 아버지가 막걸리를 찾았던 이유를 알 것 같았다. 온몸이 쑤시고 아프다고 하셨던 아버지. 왜 자꾸만 주무르라고 하셨는지도 알 것 같았다. 아버지는 삶이 버거우셨나 보다. 그 고된 일을 하시며 막걸리 한 잔에 아버지의 고통과 피와 눈물, 땀방울을 모두 쓸어 담아 넘기고 싶으셨으리라 이해가 된다. 그 힘드셨을 일을 가족을 위해 묵묵히 해내셨다. 술로 달래 보려 하셨을 아버지, 당신을 위해 쓴 돈이라고는 고작 막걸리 사서 드시는 것이 전부였다. 일 마치고 막걸리 한 잔 들이켜는 게 유일한 낙이었을 텐데 얼마나 외롭고 힘드셨을까. 가슴이 먹먹해진다. 그렇게 싫었던 막걸리가 이제는 그리움이 되었다. 자동차 USB에 담아놓은 '막걸리 한 잔'이라는 곡을 반복 재생하며 듣는 것도 아버지에 대한 그리움이다. 아버지의 한이 담긴 막걸리 한 잔. 생전에 단 한 번도 따라 드리지 못했고, 이제는 아버지 산소에 따라 드리는 막걸리 한 잔이 되었다.

아버지는 근면 성실하셨다. 자식들에게 늘 강조하는 '철두철미徹頭徹尾'를 몸소 실천하셨다. 몸이 아파도 새벽이면 출근하셨고, 술 드시고 밤새 소리 지르고 노래 부르셔도 한 번도 결근하신 적이 없다. 우리 4남매는 아버지의 피를 그대로 물려받았다고 늘 이야기한다. 일에 있어서는 '대충'이라는 게 없고, 학교든 일이든 지각, 결석은 용납할 수 없다. 아버지에게서 배운 교훈이다. "잘 키워주셔서 감사합니다. 아버지 덕분에 잘 살았습니다. 속 썩여서 죄송합니다. 그때는 미처 몰랐습니다." 나중에 아버지를 만나면, 이 말을 꼭 하고 싶다. 그리고 내 손으로 정성스럽게 막걸리 한 잔 따라 드리겠다고 다짐해 본다.

상상해 보지 못한 일이 또 일어나다

2013년 8월 20일, 아침 6시. 어김없이 들려오는 전화벨 소리. 또 친정 엄마의 모닝콜인가 했다. 그 시간이면 엄마는 새벽 기도 마치고 돌아오신 시각이고, 난 아이들 챙기며 밥하는 시간이다. 그날따라 전화벨 소리가 더 짜증 났다. 식사 준비하느라 전화를 받지 못했다. 10년이 넘도록 그 시간이면 엄마는 꼭 전화하셨다.

"일어나라! 애들 챙겨야지!"

전화 받으면 그 한마디 툭 던지고 끊으셨다. 나이 40이 넘은 딸인데 어련히 알아서 안 할까. 늘 불만이었다. 제발 그만하라고 짜증을 내도 소용없었다. 10분쯤 지났을까. 다시 전화벨이 울렸다. 발신자가 언니였다. 뭔가 심상치 않은 예감이 들었다. 그 시간에 언니가 전화할 리가 없기 때문이다. 언니는 다짜고짜 다급한 목소리로 말했다.

"엄마가 쓰러졌대! 지금 의식이 없다고 119에서 전화 왔어. 아주대병원으로 빨리 와!"

처음에 엄마가 전화한 줄 알았더니 119 구급 대원의 전화였다. 엄마의 휴대폰 최근 목록에서 제일 위에 있는 내 번호로 전화한 거다. 내가 전화를 받지 않자 '큰딸'이라고 저장된 번호를 눌러 언니에게 전화가 갔다. 이틀 전까지도 건강했던 엄마였다. 함께 나들이하며 맛집 탐방까지 했었는데 믿어지지 않았다. 의식이 없다는 말에 얼굴이 하얘져서 허겁지겁 병원으로 달려갔다.

"마음의 준비를 하세요."

청천벽력 같은 의사 선생님의 말씀에 기가 막혔다. 무슨 마음의 준비를 하라는 건지, 도무지 알 수도 이해할 수도 없었다. 엄마는 연세 72세로 정정하셨다. 당뇨병을 앓고 계셨지만, 평소 관리를 잘하셔서 그리 심각하지도 않았다. 그런데 무슨 이유로 쓰러졌는지 아무도 몰랐다. 언니 오빠들은 벌써 장례식 준비 의논을 하고 있었다. 아직 돌아가시지도 않았는데 장례식 준비를 하는 언니 오빠들이 미웠다. 내가 막내라서, 혼자라서, 내 의견 따위는 필요도 없는지 내겐 묻지도 않았다. 어차피 난 화를 냈겠지만.

"엄마! 아직은 아니야. 엄마 힘을 내세요! 엄마가 떠나면

난 의지할 데가 없어. 아직은 안 돼. 엄마! 눈을 떠! 내가 불쌍하지도 않아? 엄마! 엄마!"

나의 간절한 기도와 바람이 하늘에 통했나 보다. 엄마는 5일 만에 기적적으로 눈을 뜨셨다. 남편도 떠나고, 아버지도 떠나고, 내게 남은 무조건 내 편인 사람은 엄마밖에 없다고 생각했다. 기쁜 마음으로 병원으로 달려갔다. 그런데 엄마는 예전의 엄마가 아니었다. 쓰러지신 채 오랜 시간이 지나 뇌에 이상이 왔다고 했다. 말도 어눌하고 마치 어린아이가 된 것 같았다. 다행히 자식들은 다 알아보셨다. 엄마의 기억은 몇십 년 전으로 돌아갔고, 현재 기억은 없으셨다.

"왜 혼자 왔어? 손 서방은?"

엄마의 기억 속엔 아직도 사위가 살아있었다.

"엄마! 손 서방 죽었잖아! 기억 안 나?"

"미쳤나? 어제도 만났는데 죽긴 왜 죽어! 그런 말 함부로 하면 벌 받는다!"

도리어 화를 내셨다. 왜 병원에 누워 계신지 기억도 못 하셨다. 엄마의 기억에 문제가 생겼지만, 살아서 감사할 뿐이었다. 몸을 움직이는 게 더디고 느려지셨지만, 자식들 다 알아보는 것만으로도 감사했다. 별다른 외상이 없어서 곧 퇴원하셨다. 그리고 작은오빠가 사는 태백으로 모시게 되었다. 하지만 자꾸만 짐을 싸서 밖에 나가시는 게 문제였고 상황은 점점 심각해져서 회의 끝에 3남매 가까이 수원의 요양원으로 모셨다. 우리는 각자 시간을 내서 번갈아 가며 엄마를 뵈러 갔다. 함께 산책도 하고, 맛있는 음식도 먹으며 함께할 수 있음에 감사했다.

"어머님이 의식이 없으세요. 응급실로 이동 중입니다."

요양병원에서 전화가 왔다. 또다시 의사는 마음의 준비를 하라고 했다. 눈물밖에 나오지 않았다. 다행히 밤새 아무 일도 일어나지 않았다. 다음 날 오전 9시. 면회 시간이다. 엄마는 눈을 감고 계셨다. 엄마 입에 설치된 하얀 플라스틱 통이 커졌다 작아졌다 했다.

"엄마! 막내 왔어. 얼른 일어나요. 눈 좀 떠 봐! 이쁜 막내 왔잖아. 엄마 자꾸 이렇게 놀라게 하면 안 되잖아. 난 엄마 없으면 안 돼!"

반응이 없으셨다. 엄마 손을 잡았다. 힘없이 미끄러졌지만, 엄마의 손은 온기가 있었다. 분명 엄마는 살아계셨다. 그렇게 믿고 싶었다. 면회 시간이 끝났다는 의료진의 재촉. 떨어지지 않는 발걸음을 간신히 떼고 중환자실을 빠져나왔다. 2~3분 정도 지났을까. 안내 방송이 나왔다. 내 귀를 의심했다. 분명 엄마 성함이었다.

"조춘희 보호자 분! 중환자실로 와 주세요."

의료진으로부터 엄마가 돌아가셨다는 말을 들었다. 믿을 수가 없었다. 엄마 손을 잡고 엄마의 체온을 느낀 지 불과 2~3분밖에 되지 않았다.

"2015년 12월 7일 09시 23분 00초 조춘희 씨 사망하셨습니다."

한 의료진이 로봇처럼 읊어댔다. 가슴이 갈기갈기 찢어지는 기분이었다. 끙끙 앓는 신음이 저절로 나왔다. 의료진은 엄마 몸에 부착된 기계들을 하나씩 떼고 하얀 천으로 엄마 얼굴을 덮었다. 순간 남편의 시체를 확인할 때 봤던 하얀 천이 생각났다. 끔찍했다. 아이들이 잘 때 얼굴까지 이불을 뒤집어쓰면, 남편의 그 모습이 떠올라 얼른 이불을 끌어 내리곤 했다. 하얀 천은 악몽과도 같았다. 내가 왜 또 이런 일을 겪어야 하고, 이런 장면들을 봐야 하는지 분통이 터졌다.

아주대학교 병원 영안실 앞. 넋 놓고 벤치에 앉아있었다. 추위도 못 느꼈다. 엄마는 왜 한마디도 못 하시고 그렇게 눈을 감았을까. 눈물만 뚝뚝 떨어졌다. 그날 못 넘기실 것 같다고 했는데, 중환자실 면회가 제한되어 있으니 엄마는 그걸 아신 듯했다. 자식들 한 번이라도 더 보고 가시려고 했나 보다. 우리 눈에는 의식이 없어 보여도 귀는 열려 있다는 말을 들은 적이 있다. 분명 엄마는 우리를 기다리셨다. 그러니까 다음 날 면회 시간 맞춰서 자식들 차례차례 보시고, 마지막 순서인 나까지 보시고서야 눈을 감으신 거다. 밤새 기다리며 얼마나 고통스러우셨을지 생각하니 자꾸만 눈물이 앞을 가렸다.

엄마의 입관식이다. 엄마의 모습을 보는 마지막 단계. 엄마는 너무나 편안하게 누워 계셨다. 얼굴에는 뽀얗고 예쁘게 화장이 되어 있었다. 여자가 죽으면 그렇게 곱게 화장하는 것도 처음 알았다. 하얗게 파운데이션도 바르고, 빨간 립스틱도 바르고, 볼 터치도 하고, 눈썹과 아이라인까지 그려져 있었다. 엄마가 화장한 걸 몇 년 만에 봤다. 엄마 인생에 마지막 화장이었다. 참 곱고 예뻤다. 장의사는 자식들이 골라준 노란 수의를 입히고 알록달록한 꽃신도 신겼다. 그리고 오빠들이 엄마를 들어 관 속에 눕혀 드렸다. 뚜껑이 닫히고 하얀색 천에 빨간색 십자가가 수 놓인 천을 덮었다. 그렇게 엄마는 내 곁을 떠나셨다. 상상하기도 싫었던 엄마의 부재. 엄마는 내게 신과 같은 존재였다. 다른 사람은 몰라도 엄마는 영원히 내 곁에 계실 줄 알았다. 남편의 죽음과 아버지의 죽음. 그때와는 또 다른 감정이었다.

삶이 지치고 힘들 때면, 마음속으로 엄마를 불러본다. "엄마! 엄마!" 눈물이 고인다. 크게 외쳐도 본다. "엄마!" 엄마라는 이름. 부르기만 해도, 생각만 해도 눈물이 난다.

엄마 품을 떠날 때까지 엄마는 내게 의사였고, 간호사였다. 배 아프다고 하면 옷을 젖히고, 따뜻한 손으로 내 배를 쓱쓱 문질러 주셨다. "엄마 손은 약손! 내 새끼 배는 똥배!" 신기하게 뚝딱 낫는다. 엄마의 사랑의 약손. 놀다가 넘어져서 무릎이 깨지고, 팔이 까지면 어김없이 등장하는 만병통치약 빨간약 아까정끼. 하루 이틀 지나면 또 뚝딱 낫는다. 이 신비의 약을 발라 드렸더라면, 엄마가 다 나으셨을까? 툭툭 털고 일어나셨을까?

"엄마, 머리 아파! 엄마, 얼굴에 여드름 났어! 엄마, 또 두드러기 났어! 엄마, 배 아파!"

수시로 나를 불러대는 딸들.

"엄마 말 안 들어서 그래!"

엄마한테 어릴 적 많이 들었던 말. 지금은 내가 딸들에게 하고 있다. 모든 병의 원인은, 엄마 말씀 안 들어서 그런가 보다.

엄마와의 시간들

어버이날이다. 늘 그랬듯이 부모님 생각이 더 간절한 날이다. 매년 어버이날이면 아이들이 꽃이며 선물이며 용돈까지 챙겨 준다. 기특하고 고맙다. 그리고 부럽다. 우리 아이들뿐만 아니라 부모님이 계시는 모든 사람이 부럽다. 카네이션을 부모님께 드릴 수 있다는 게 얼마나 축복이고 감사한 일인지 부모님이 다 떠나시고 나서야 깨달았다.

"엄마! 엄마! 엄마!"

작은 딸아이가 계속 나를 부른다. 부모님 생각에 빠져 잘 안 들렸다.

"넌 좋겠다! 엄마라고 부를 수 있는 사람이 있어서!"

청소하면서 자기 물건 치웠냐고 물어보는 딸에게 건넨 말이다. '엄마'라고 부를 수 있다는 게 얼마나 좋은 건지. 나도 불러보고 싶다. '엄마!' 떠올리기만 해도 가슴 아픈 그 이름.

"엄마! 제발 그 옷 좀 버려! 언니가 사준 나이키 운동화는 왜 안 신어!"

"집 안인데 뭐 어때! 다른 신발 떨어지면 신을 거야!"

작은딸이 내게 하는 잔소리다. 내가 엄마한테 했던 잔소리를 그대로 듣고 있다. 그대로 대답하고 있다. 집 안에서 낡은 옷을 입고 내가 사 준 옷이나 신발을 아끼시던 엄마.

"엄마! 벌레! 빨리! 벌레!"

벌레가 나타나면 기절할 것처럼 나를 부르는 딸. 나도 무섭고 징그럽다. 하지만 엄마처럼 용감하게 벌레를 잡아준다. 나는 이렇게 엄마를 닮아가고 있다. 싫었던 모습, 용감했던 엄마의 모습까지도.

아버지가 돌아가시자, 엄마는 태백에서 내가 사는 수원으로 오셨다. 혼자 된 내가 안쓰러워서 보살피고 싶으셨던 것 같다. 점점 쇠약해져 가는 내 모습을 보시고 밥이라도 해 먹인다고 오셨다. 30년 넘게 살았던 곳을 떠나 낯선 곳으로 오기는 쉽지 않을 텐데, 엄마는 나를 위해 기꺼이 희생하셨다. 엄마가 가까이 계시니 의지가 되고 든든했다. 엄마는 내가 우선이었다. 내가 끼니 거를까 봐 정성으로 음식을 해서 나를 챙기기에 바쁘셨다. 종일 학원에서 학생들 가르치고 집에 오면 지쳤다. 아이들 밥 챙기기도 버거웠다. 그런데 삼시 세끼 정성껏 챙겨 주시는 엄마표 밥상은 입맛을 돋워 주었다. 남편이 떠나고 3개월 만에 살이 15kg이나 빠졌다. 엄마는 몸에 좋다는 약초며 산삼까지 구해서 나에게 먹였다. 늘 기운이 없었는데 살 것 같았다.

평일엔 열심히 일하고, 주말이면 언니랑 엄마랑 나, 이렇게 세 모녀가 나들이를 했다. 언니도 나도 각자의 삶이 바쁘게 돌아가지만, 엄마를 챙기는 언니의 효심 덕분이었다. 엄마와 함께했던 시간은 행복했다. 엄마가 떠난 후에야 그 시간이 얼마나 소중하고 행복했었는지 깨달았다. 산이며 들이며 사시사철 여행을 했다. 엄마랑 의견이 맞지 않아 가끔 싸우기도 했지만, 그 시간조차도 그립다. 입소문을 듣고 곳곳에 있는 맛집도 다녔다. 지금도 엄마와 함께 갔던 곳 근처를 지나면 가슴이 찡하다. 우리 세 모녀에게는 잊을 수 없는 달콤한 시간이었다. 남편 잃은 허전함과 빈자리는 채울 수 없었지만, 그 시간은 내게 큰 위안이 되었다.

평일 내내 온 열정을 쏟아서 일했기 때문에 주말에는 쉬

고 싶었다. 늦잠도 자고 싶고, 낮잠도 자고 싶었다. 밀린 집안일도 해야 하고, 장도 봐야 했다. 그러니 매주 주말마다 엄마랑 시간을 보내야 하는 게 때로는 귀찮고 피곤했다. 일주일이 어찌나 빨리 지나가는지, 눈뜨면 월요일, 눈뜨면 금요일 같았다.

어느 주말 아침이었다. 특별히 약속 장소나 시간을 정하지 않아도 차를 타고 10분가량 엄마를 만나러 가던 길이었다. 언니 차를 탔다.

"피곤해서 좀 쉬고 싶은데 꼭 이렇게 매주 엄마한테 가야 해?"

언니는 운전하다 말고 도로 바깥쪽으로 차를 세웠다.

"너 내려! 그렇게 가기 싫으면 가지 마! 엄마 혼자 계시는데 일주일에 한 번 찾아뵙는 게 그렇게 힘들어!"

여간해선 화를 잘 안 내는 언니인데 당황스러웠다. 난 찍소리 못 하고 고개를 숙였다. 언니 말이 맞았다. 역시 맏이라 달랐다. 언니는 속이 깊고 효심도 깊어서 나와는 다르게 늘 엄마 아버지한테 정성이었다. 그런 언니의 한마디 때문에 다음부터는 피곤해서 가기 싫다고 투정 부린 적 없었다. 무조건 언니를 따라 엄마를 만나러 갔다. 그때는 엄마와의 시간이 아름다운 추억이 될 줄 몰랐다.

나의 어린 시절은 끼니때마다 잔칫집 분위기였다. 내가 태어나자마자 집 안에 먹을 게 풍성해졌다고 엄마는 내가 '복덩이'라고 했다. 정성이 담긴 엄마의 음식들은 늘 푸짐했다. 아침에 잠에서 깨기 싫어 뒤척이다가도 맛있는 음식 냄새에 자극받아 벌떡 일어났다. 갓 지은 밥 먹이겠다고 김이 모락모락 나는 도시락을 싸서 학교에 배달까지 해 주셨다. 친구들에게 부러움을 샀던 일이다. 어딜 가든 기죽지 않게 자신감 있는 아이로 자라게 해 주셨다. 내 손에 물 한 방울 묻히지 않으셨다. 엄마와 함께했던 모든 시간에서 충분히 사랑받았음을 이제야 깨닫는다.

지난 6월 25일은 한국 전쟁이 일어난 지 71년째다. 뉴스에 오래전 방송되었던 이산가족 상봉 장면이 나왔다. 부모와 자식, 형제자매. 오랜 세월 휴전선을 사이에 두고 만나지 못했던 사람들이 부둥켜안고 울었다. 언제 봐도 눈물 나는 장면이다. 죽어서 못 만나는 사람, 살아 있어도 못 만나는 사람. 가족과의 이별은 다른 아픔보다 크다는 것을 공감했다. 문득 엄마 생각이 났다. '아! 우리 엄마도 6.25 전쟁 때 아버지가 돌아가셨지!' 엄마가 8살 때 전쟁이 일어났고, 그 때 전쟁터에 나가셨던 외할아버지가 돌아가셨다고 했다.

알고는 있었지만 한 번도 신경 써 본 적이 없었다. 큰딸이랑 같은 나이에 엄마도 아버지를 잃으셨는데, 엄마의 그런 아픔을 위로해 드리거나, 함께 아파해 본 적이 없었다. 죄송했다. 왜 이제야 그런 생각이 들었는지 무심했던 나 자신이 미웠다. 내가 엄마에게 소중한 딸이듯이 외할머니, 외할아버지한테 엄마도 소중한 딸이다. 엄마와 내 딸들이 같은 아픔을 안고 살아가는 사람이었다는 사실이 더 가슴 아팠다. 엄마와 많은 시간을 보냈다고 생각했다. 막상 엄마가 안 계시니까 그게 아니었다. 잘했던 것보다 못한 게 훨씬 많다. 엄마와의 시간이 그립다. 살아 계셨다면 더 많은 시간을 보낼 수 있었을 텐데. 보고 싶다, 우리 엄마.

며칠 전부터 딸아이들은 휴가에 들떠 있다. 내가 간다고 허락한 것도 아닌데, 휴가 장소를 정하느라 난리다. 같이 가기 싫다. 사진만 냅다 찍어 줘야 하고, 운전해 줘야 하고, 입맛에 맞지도 않은 유럽풍 음식을 먹어야 한다. 멋있고 예쁜 카페 찾아가서 잔뜩 주문해놓고 사진만 찍고 먹지도 않는 아이들. 돈 아까워서 내가 다 먹어 치운다. 그러다 보면 또 잔소리하게 되고, 아이들은 듣기 싫어한다. 나를 위해 마련한 자리라면서, 내가 좋아하는 건 별로 없다. 그런데도 아이들 따라서 여행 다니는 이유는, 엄마 생각 때문이다. 혹시라도 나중에 우리 아이들도 나처럼 후회할까 봐. 엄마와의 시간을 그리워하며, 더 오랫동안 함께하지 못해 가슴 아파할까 봐. 엄마와의 시간. 나도 아이들에게 물려줘야 할 시간이다.

부모는 자식의 효도를 기다려 주지 않는다

지난 주말에 고향에 다녀왔다. 1년에 두세 번은 꼭 간다. 우리 4남매는 5월 말이나 6월 초에는 어김없이 고향에 간다. 다 모이면 7명이다. 짝 없는 나는 이미 익숙해졌다. 엄마가 돌아가신 지 1년 만에 안동 선산에 모셔져 있는 아버지 산소에 합장했다. 먼저 그곳에 갔다. 오빠들은 명절 때마다 부모님 산소에 가지만 언니와 나는 이맘때 간다. 선산에 계신 조상님들과 부모님을 뵙고 태백으로 향했다. 고향에 남아있는 작은 오빠네 집에 갔다. 작은오빠는 내가 어릴 적 살던 그곳에 전원주택을 지었다. 사방에 대자연이 펼쳐져 있어 힐링하기에 딱 좋다.

태백에서 부모님이 살아계실 때 갔던 태백산 토종닭 요리 전문점에 갔다. 건물이 다시 지어져 있었다. 세월이 많이 흘렀다는 것을 느낄 수 있었다. 그곳에서 몸보신도 하고 오랜만에 태백산의 정기를 받으며 맑은 공기를 마시니 부러울 게 없었다. 힐링, 그 자체다. 큰오빠가 엄마랑 함께 산책했던 곳에 가고 싶다는 제안을 했다. 작은오빠네서 엄마가 요양할 때 갔던 곳이다. 우리는 소화도 시킬 겸 큰오빠 의견 따라 함백산 아래 야생화 단지에 갔다. 비가 오락가락했다. 축축해진 야생화 단지에는 이름 모를 꽃들이 피기 시작했다. 초록빛 울창한 나무 숲길. 잘 다듬어진 산책로를 걸으며 엄마와의 추억을 회상했다. 엄마는 거동이 불편해서 오빠들이 양쪽에서 부축하며 걸었다. 엄마의 함박웃음을 봤던 그 모습이 마치 어제 일 같았다. 큰오빠는 갑자기 함백산 등산을 하자고 했다. 계획에도 없던 일이다. 모두 등산화도 신지 않았고 등산복 차림도 아니었다. 작은오빠는 한술 더 뜨며 거들었다. 지금이 철쭉꽃을 볼 수 있는 때라고 했다. 그곳은 다른 지방보다 추워서 꽃이 늦게 핀다. 6월 초에 철쭉제를 할 정도다. 등산, 내키지 않았지만 다들 찬성하니 따라나섰다. 태백산도 거뜬히 갔다 왔으니, 뭐 함백산 정도야. 만만하게 생각했다. 한 100m쯤 올라갔을 때 다시 내려가고 싶었다. 언니 오빠들 따라 올라간 게 후회스러웠다. 산 중간쯤 주차하고 1km 정상을 향해 가는데 숨이 가쁘고 심장이 터질 것 같았다. 경사가 70도 정도 되고 평지는 없었다. 정상까지 오르는 내내 오르막길만 있었다. 근처에 있는 선수촌 선수들의 훈련 코스라고 한다. 내가 국가대표 선수도 아닌데 왜 그 선수들 훈련하는 곳을 올라가야 하냐며 계속 투덜댔다. 처음에 7명이 함께 출발했는데 올라가다 보니 언니랑 큰오빠랑 나랑 셋이 뒤처졌다. 그것도 잠시, 나만 꼴찌로 뒤처져 겨우 정상에 도달했다. 와! 역시 하늘 아래 첫 동네다. 손을 뻗으면 하늘을 잡을 수 있을 것 같았다. 건너편 '바람의 언덕' 풍력발전기들은 자유롭게 돌아가고, 산과 산들이 겹쳐 한 폭의 그림보다 더 아름다운 모습이었다. 도중에 다시 내려가고 싶었던 충동이 사라졌다. 철쭉을 기대하고 올라갔던 곳인데 아직 활짝 피지 않아 만개한 모습은 못 봤다. 다 좋은데 문제는 추위였다. 정상이 해발 1,572.9m. 바람도 거세고 손이 시렸다. 옷이며 머리카락이며 바람에 날려 멋있는 포즈의 사진은 건지지도 못했다. 하산하는 길은 다른 길이었고 잘 다듬어져 있었다. 쉽게 내려올 수 있었다. 그 산에서 가을 빼고 봄, 여름, 겨울을 다 만난 것 같았다.

저녁에는 작은오빠, 올케언니가 텃밭에서 기른 채소와 산나물, 특산물로 정성 가득한 밥상이 차려졌다. 도시에 사는 우리는 그보다 좋은 음식이 없다 생각했다. 폭풍 흡입했다. 언제나 그랬듯 오빠들은 그때부터 술로 달리기 시작한다. 밤늦도록 필름이 끊길 때까지. 오빠들에게는 가장 편안한 술자리이고 술 안 마시는 사람들에게는 울고 웃는 시간이다. 이야깃거리도 거의 똑같다. 술에 잔뜩 취한 오빠들은 늘 엄마 아버지 이야기하며 가슴 아파한다. 자신들의 잘못을 후회하는 넋두리도 한다. 오빠들 술이 적당히 취했을 때다. 큰오빠가 말했다.

"나는 막내가 참 고마워! 순탄한 삶을 산 것도 아닌데 잘 버텨줘서 정말 고맙고, 잘 살아 줘서 고마워!"

"나도 그렇게 생각해. 혼자 살아도 애들 반듯하게 잘 키우고. 한 번도 형제들한테 돈 달라고 손 한 번 안 내밀고. 힘들어도 내색 안 하고 참 기특하고 고마워!"

작은오빠까지 맞장구쳤다. 모두 고개를 끄덕이며 공감하는 분위기였다. 나는 그냥 씩 웃었다. 쑥스러웠다. 처음이다. 오빠들이 그렇게 말해준 게. 내심 그런 생각을 하면서도 내색하지 않았던 걸 나는 안다. 나보다 죽은 남편이 더 힘들 거라고 편을 들면, 큰오빠는 끝까지 지켜 주지 못하는 건 사랑이 아니라며 남편을 원망했다. 그런 오빠가 야속하게 느껴질 때도 있었지만, 내 편이 되어 주고 나를 이해해 주는 그런 오빠들이 있어서 든든하다.

"그런데 말이야. 난 친구 중에 우리 부모님이 제일 일찍 돌아가신 게 속상해. 내 친구들 부모님은 지금 80대인데 우리 부모님도 살아 계셨으면 얼마나 좋았을까? 난 다 해주고 싶어. 먹고 싶은 것, 가고 싶은 곳, 하고 싶은 거 있으면 다 해드리고 싶어. 근데 안 계셔!"

큰오빠는 부모님을 그리워했다.

"그때는 우리가 왜 다들 바빴을까? 먹고살기에도 바쁘고. 지금 살아계셨다면 지금 이 자리에 함께 계셨을 텐데. 우리가 이렇게 모여서 먹고 마시고 웃고 떠드는 모습 보면서 얼마나 좋아하셨을까? 참 뿌듯해하실 거야. 그렇지?"

작은오빠도 부모님의 빈자리를 안타까워했다. 말은 안 해도 모두가 공감하며 안타까워했던 부분이다. 주거니 받거니 오빠들의 넋두리는 계속되었다. 덤덤했던 내 마음이 뭉클했다.

잠시 바람을 쐬러 앞마당에 나갔다. 늦은 밤 어둠과 고요함이 더 짙게 깔려 있다. 하늘을 올려다보니 시골이라 그런지, 반짝반짝 빛나는 별들이 선명하다.

"엄마 아버지! 보고 계세요? 우리는 이렇게 잘 지내요. 오늘도 오빠들은 엄마 아버지를 그리워하고, 살아계실 때 못해 드린 걸 많이 후회하네요. 지금까지 살아계셨더라면 자식들이 다 잘돼서 행복하게 사는 모습 보셨을 텐데요. 좀 기다려 주지 그러셨어요!"

하늘을 쳐다보며 혼잣말로 해야 하는 안타까운 현실. 가슴 아프다. 부모는 자식이 효도할 때까지 기다려 주지 않는다는 말이 실감 나는 일상들이다. 살아계실 때 늘 하시던 말씀이셨는데, 어쩜 그리 딱 들어맞는지 모르겠다. 부모님을 그리워하며 못다 한 효도가 아쉬울 뿐이다.

3장

두 딸이 세상의 전부

인생의
폭풍은
끝이 없었다

핵폭탄이 떨어졌다. 대학생 딸이 임신했단다. 미쳤다. 날벼락이다. 나를 향해 던진 폭탄이다. 그동안 엄격하게 키우려 애쓰던 나에 대한 반항이다. 폭탄 터트리기 바로 전날이었다. 두 달간 간호사 실습 나간다기에 일산의 동국대학교 병원 앞에 원룸까지 얻어 주었다. 살림살이까지 사서 다 정리해 주고, 일주일 먹을 음식까지 냉장고에 채워놓고 왔다. 몇백만 원 투자한 돈은 둘째치고, 이 무슨 날벼락인지 뒤통수를 제대로 맞았다. 정신이 멍했다.

학원 아이들 기말고사 기간이라 바짝 긴장하고 예민했던 때다. 학원 원장으로서, 선생님으로서 나도 시험 기간이나 마찬가지였다. 종일 온 열정을 쏟으며 수업을 끝냈다. 금요일이라 마음이 한결 가벼웠다. 아이들이 모두 하원하고 뒷정리는 좀 쉬었다 하려고 한숨 돌리던 차다. 여름이라

종일 에어컨을 틀어서 교실 문을 다 열어놓았다. 커피 한 잔 마시려고 앉았다. 갑자기 학원 안으로 큰딸 남자친구가 들어왔다. 한 손에는 큰 꽃바구니, 한 손에는 약국에서 주는 하얀 종이봉투를 들고 있었다. 웬일인가 싶었지만 반갑게 맞이했다.

“어머! 이 시간에 웬일이야? 오늘 무슨 날이니? 웬 꽃바구니? 누구 주려고?”

“어머니 드리려고요.”

“어머나! 내가 카라 좋아하는 걸 어떻게 알았어?”

어쨌든 나를 위해 사 온 꽃이라고 하니 영문도 모른 채 꽃바구니를 받아 들었다. 얼굴을 가까이 대고 꽃향기를 맡았다. 미소가 저절로 나왔다. 시험 기간 스트레스가 싹 풀리는 듯했다.

“수업 다 끝나셨어요? 문 좀 닫고 올게요.”

“아니, 닫지 마! 환기하려고 열어놨어!”

아랑곳하지 않고 문을 닫으러 돌아서는 그 녀석의 뒷모습. 청바지 뒷주머니에 반쯤 꽂힌 사진이 보였다. 흑백사진. 초음파사진 같았다. 뭔가 이상한 기분이 들었다.

“너 뒷주머니에 꽂힌 사진 뭐야? 이리 줘 봐!”

당황한 그 녀석이 잠시 머뭇거렸다. 뭔가 결심한 듯 사진

을 내게 건네고, 바로 그 자리에서 무릎을 꿇었다.

"어머니! 용서해 주세요!"

내 눈을 의심했다. 분명 산부인과에서 초음파 검진 후, 산모들에게 주는 태아 초음파사진이다. 머릿속이 하얘졌다. 사진에 출산 예정일이 적혀 있었다. 2017년 2월. 날짜는 기억 안 난다. 당시 2016년 7월인데, 2017년을 2015년으로 착각했다.

"누가 작년에 아기를 낳았니?"

금세 정신을 차렸다. 내년 2월이 출산 예정일인 거였다. 상황 파악이 되었다.

"너 나가! 여기서 당장 나가!"

"어머니, 잘못했어요! 용서해 주세요!"

"야! 어제 일산에 데려다주고 왔어! 그때까지 아무 말 없었다고!"

"죄송합니다. 어머니!"

"시끄러워! 당장 나가!"

고개를 숙인 채 싹싹 비는 녀석의 등을 떠밀었다. 쫓아냈다. 문도 잠가버렸다. 몸이 휘청거리며 정신이 몽롱했다. 기절하지 않은 게 신기할 정도다. 그 녀석이 놓고 간 약 봉투에는 청심환이 들어 있었다. 학원 뒷정리고 뭐고 도망치듯 그냥 집으로 왔다. 딸은 실습 나갔을 테니 남자친구가 왔나 보다 했다. 나한테 맞아 죽을까 봐 말도 못 꺼냈겠지. 배신! 배신! 그런 배신이 없었다. 10분 거리를 걸어오며 별별 생각이 다 들었다. 우리 집 현관 앞에 딸이랑 그 녀석이랑 서 있었다. 어이없다. 그새 나보다 먼저 와서 기다리고 있었던 모양이다. 겁도 없이. 전날 일산에 데려다 놓고 온 딸. 실습은 하고 왔는지 그냥 왔는지 묻지도 않았다. 투명인간 취급했다. 현관문을 꼭꼭 걸어 잠갔다. 보조키까지 다 잠갔다. 각본상 분명 내가 몽둥이부터 들 거로 생각했을 거다. 각오했겠지. 두들겨 팰 가치도 기운도 없었다. 먼저 집에 들어와 내 눈치를 보고 있는 작은딸은 이미 아는 듯했다. 자매니까, 자기들끼리는 잘 통하니까 동생에겐 말했겠지. 언니라는 게 창피한 줄도 모르고.

"비밀번호 바꿔! 지금 당장! 빨리!"

작은 딸아이에게 소리 질렀다. 말없이 비밀번호를 바꾼 작은딸은 혹시라도 불똥이 튈까 봐 방으로 쏙 들어갔다. 옷도 갈아입지 않고 소파에 털썩 주저앉았다. 이게 현실인가. '아빠 없이 자란 아이'라는 소리 들을까 봐 얼마나 엄격하게 정성 들여 키웠는데. 분해서 미칠 지경이었다. 도대체 이 사태를 어떻게 수습해야 하나 별의별 생각이 다 들었다. 이런저런 복잡한 생각에 내 처지가 서글펐다. 절망적이다. 추락이다. 꼼짝없이 앉아 30시간을 울었다. 오랜 세월 눈물로 살았지만, 사람 몸에서 그렇게 많은 눈물이 또 나오는지 놀라울 정도다. 괘씸했다. 만약 아빠가 살아계셨어도 가능했을 일인가. 무시당하는 기분이었다. 남편도 원망스러웠다. 아빠가 없으니 나를 우습게 보고 그런 일을 저질렀을 딸을 생각하니, 내 모습이 처량하기까지 했다. 자식한테까지 남편 없는 설움을 당하는 것 같았다. 처음에는 어처구니가 없고, 기가 막히고, 너무 창피했다. 솔직히 말해서 사람들의 따가운 시선이 가장 무서웠다. 딸의 행복보다는 내 체면이 우선이었다. 혼자 두 딸아이 훌륭하게 잘 키워냈다고 인정받고 싶은 심리랄까. 두 딸아이 모두 학교에서든, 어느 곳에서도 모범적이었다. 더구나 큰딸은 할 줄 아는 거라곤 공부밖에 없을 정도다. 늘 우등생이었다는 게 믿기지 않았다. 2년 동안 남자친구를 사귀면서도 집 통금시간(오후 6시)을 정확히 지켰다. 성적도 항상 우수해 장학금을 받으며 늘 나의 자랑거리였다. 내 말에 거의 순종했던 아이였고, 내 꿈과 희망이었고, 내가 사는 이유였다. 그런 아이가 아기를 가졌다니, 아기 만드는 법도 모를 줄 알았다. 착각이었다. 도저히 믿을 수가 없었다. 도대체 어쩔 작정으로 그렇게 큰 사고를 쳤냐며 혼내볼까도 생각했지만, 입술을 깨물었다. 꼴도 보기 싫었다. 내 딸이 아닌 것 같았다. 회의감이 들고 허무했다. 이 폭풍을 어떻게 헤쳐 나가야 하는지 도무지 방법이 떠오르지 않았다. 엄마가 돌아가신 지 불과 몇 달 지나지도 않았다. 겨우 마음 추스르려는데 이 시련은 뭐고, 이 폭풍과 핵폭탄은 또 뭔지. 인생의 폭풍은 끝이 없었다.

울어도
울어도
바뀌지 않는 일

뾰족한 답이 떠오르지 않았다. 침착해질 필요가 있었다. 배 속에 든 아이를 낳아야 하나, 말아야 하나. 내가 낳았다고 하고 그냥 키울까. 사람들이 믿어줄까. 아무도 모르는 곳으로 이사 갈까. 별별 생각이 다 들었다. 머리가 터질 것만 같았다. 딸의 입장을 생각해 봤다. 몇 시간 전만 해도 실컷 두들겨 패주고 싶었다. 나한테 말도 못 하고 힘들어했을 딸아이를 생각하니 숨도 제대로 안 쉬어졌다. 심호흡을 몇 번씩 되풀이했다. 얼마나 놀랐을까. 얼마나 고민을 했을까. 얼마나 힘들었을까. 얼마나 무서웠을까. 나한테 먼저 의논하지 않은 딸이 밉기도 했다. 처음엔 내 입장만 생각하다가 딸아이 입장 생각하니 더 눈물이 났다. 내 딸이다. 나는 엄마다. 어떻게든 아이가 힘들지 않게 잘 다독이고자 했다. 슬기롭게 수습해야겠다는 생각으로 바뀌기 시작했다.

"언니 찾아서 들어오라고 해!"

작은딸에게 소리쳤다. 아무리 큰 사고를 쳤어도, 늦은 밤 밖에서 맴도는 딸이 걱정되었다. 쭈뼛쭈뼛 고개 숙이며 들어온 큰딸에게 아무 말도 하지 않았다.

그날 밤, 아주 늦은 시각에 저장되지 않은 번호의 문자 한 통이 왔다.

"이렇게 문자로 먼저 인사드립니다. 상이 엄마예요. 문자라도 드려야 도리일 것 같아서요. 워낙 기대가 많았던 따님이니 많이 놀라셨지요. 저도 놀랐으니 오죽하셨겠어요. 따님을 얼마나 세심히 가르치셨는지 중심이 있고 차분해서 맏딸다운 모습이 보이더군요. 저희는 따님 자체만도 어여쁘고 귀합니다. 앞으로 학업이든 꿈이든 하고 싶은 일은 최선을 다해 지지하겠습니다. 저희 아이는 성실하고 책임감 있는 아이입니다. 부족한 면이 있더라도 가르쳐 주시면 점차 성장할 거예요. 문자로 인사드리는 점 이해해 주시고 안정되면 뵙고 인사드리겠습니다. 안녕히 계세요."(아직도 보관 중인 문자)

그 녀석 엄마였다. 당황스러웠다. 벌써 그 집에서는 다 알고 있단 사실이 부끄러웠다. 한 번도 만난 적 없지만, 교양 있고 어진 분 같았다.

"그 집에서는 벌써 알고 있니! 그런 일이 있으면 엄마한테 말하는 게 우선 아니야! 창피한 줄도 모르고 네가 미쳤구나 아주! 제대로 미쳤어!"

큰딸 방문을 향해 소리 질렀다. 얼굴을 쳐다보면 손부터 날아갈 것 같았다. 바로 답장을 했다.

"무조건 죄송합니다. 제가 딸아이 교육을 잘못해서 벌어진 일이니, 용서해 주세요. 앞으로 미래가 창창한 아드님에게 이렇게 큰 짐을 주거나 장래를 막아서는 안 되지요. 아기는 지우겠습니다."

낙태. 일방적인 결심이었다. 괘씸했지만, 그 집 아들을 탓할 게 아니었다. 내가 교육을 잘 못한 탓이라는 생각이었다. 그 엄마는 왜 나를 만나자는 건지, 좀 의아했다. 난 태아를 어떻게 해야 하나 그것이 고민이고 충격이었는데, 그 엄마는 결혼시키자는 뜻 같았다. 대학생이 어떻게 결혼해서 가정을 꾸린다는 것인지 용납이 안 되었다. 할 줄 아는 게 아무것도 없는데 어떻게 아이를 키우며 살림까지 할 수 있다는 건지, 졸업은 어떻게 할 건지 머리가 터질 것 같았다. 더 이해가 안 되는 건 딸은 예비 간호사다. 당연히 피임할 줄 알 테고, 배란일도 잘 알 텐데. 작정하고 사고 친 게 아닌가 의심도 들었다. 오만 가지 생각이 다 들었다.

우리 집은 주말 내내 초상집 분위기였다. 나는 두 딸 모두 투명인간 취급했다. 하지만 밥은 차려놓았다. 잠깐 자리를 비켜줬다. 밥은 먹어야 하니까, 차에서 앉아있다 들어왔다. 딸들은 현관 키 누르는 소리가 나면 방으로 쏙 들어갔다. 작은딸은 안 하던 설거지까지 해 놓았다.

월요일. 학원에 출근했다. 현관문을 여니까 편지 봉투 하나가 툭 떨어졌다. 누가 꽂아두었을까. 큰딸의 글씨였다. 뻔한 변명이겠지! 그렇다고 내가 용서할 줄 알고! 나를 뭐로 보고! 더 괘씸했다. 읽고 싶지 않았지만, 읽었다.

엄마, 어떻게 말을 시작해야 할지 모르겠어. 진짜 제일 크게 든 생각은 미래의 두려움이나 그런 것들이 아니고 '우리 엄마 어떡하지?' 이 생각뿐이었어. 정말 진심으로 미안해. 첫째로서 그래도 든든하고 의지 되는 딸이었는데 이렇게 큰 실망, 배신을 안겨 줘서 정말 미안해. 오빠와 만나면서 처음으로 아빠가 있는 듯한 느낌이 들었고, 내가 이렇게 사랑받을 수 있다는 게 너무 행복해서 운 적도 많아.

엄마, 나 오빠한테서 아빠의 사랑을 느껴. 아빠 같아.

떨어지고 싶지 않아. 결혼하게 허락해 줘. 나의 이런 결정이 엄마를 떠나는 것도 아니고, 배신하는 것도 아니야. 하나뿐인 엄만데, 엄마만이라도 내 편이 되어 줘. 정말 행복한 모습 보여줄 자신 있어. 남들한테 딸이 재산이라고 말할 정도로 항상 엄마의 자랑거리였는데 나 때문에 손가락질 받는 것은 아닐지 너무 걱정되고 또 미안해. 우리만 보고 사는 엄마였는데.

오빠네 가족들을 보면서 두 분의 행복한 모습, 화목한 가족 분위기 보면서 이 남자면 되겠다 느낀 거야. 내가 엄마한테 너무 큰 상처를 주었고 딸로서 나쁘지만, 우리 잘 살고 싶어.

노란색 편지지와 편지 봉투. 내가 좋아하는 색깔까지 골라 편지 쓰는 큰딸의 세심함이 엿보였다. 5장 분량의 구구절절 써 내려간 글 중에서 딱 한 가지만 눈에 들어왔다.

"엄마, 나 오빠한테서 아빠의 사랑을 느껴. 아빠 같아!"

모든 것이 와르르 무너졌다. 다 필요 없었다. 이것저것 생각할 것도 없었다. 내 체면도 필요 없었다. 어떻게 하면 아이를 설득할까 그것만 고민이었는데, 그 녀석에게서 아빠를 느낀다고 하는 대목에서 가슴이 갈기갈기 찢어졌다.

그 부분을 손가락으로 여러 번 짚으며 만졌다. 아빠가 얼마나 그리웠으면, 아빠의 사랑이 얼마나 필요했으면, 나이도 어린데 벌써 결혼을 생각할까. 다 내 잘못 같았다. 그 녀석이 아빠 같다고 하니 뭐가 더 이상 필요한가 싶었다. 아빠 보고 싶다는 말을 그동안 한 번도 안 했던 아이였다. 괜찮은 줄 알았다. 아빠 없어도 크게 부족함 없이 채워준 줄만 알았다. 마음속에 아빠에 대한 그리움을 간직한 채 살면서 표현하지 않았던 아이의 마음을 생각하니 가슴 아팠다. 내 나이 서른이 넘어서 아버지가 돌아가셔도 그립고 아픈데, 우리 아이들은 오죽할까. 그동안 몰랐다. 내 아픔만 큰 줄 알았다. 아이의 그 마음을 존중하기로 했다. 그렇게 여름의 징크스(남편 죽음, 아버지 죽음, 엄마 쓰러짐, 딸의 폭탄)는 빗나가지 않았다.

8월 27일로 결혼식 날짜를 잡았다. 딸과 함께 수원에 있는 결혼식장 몇 군데 돌다가 예약했다. 딸의 의견 따위는 필요 없었다. 다 내 마음대로 정했다. 딸은 내 의견을 무조건 따랐다. 함께할 시간이 두 달도 채 안 남았다. 밥도 못 하는 애한테 무엇부터 가르쳐야 할지 조급했다. 닥치면 다 하겠지만, 그래도 기본은 알아야 할 텐데. 알려줄 것을 밤마다 메모했다. 빨래 분리해서 하는 법, 청소하는 법, 정리하는 법, 햇빛을 봐야 하는 물건과 햇빛을 보면 안 되는 물건. 끝이 없었다. 내가 매일 가서 하나하나 가르치는 게 빠르겠다는 생각이 들었다. 현실인데도 모든 게 어색했다. 몇 달 후 내가 할머니가 된다는 것. 딸이 엄마가 된다는 것. 그것보다 모범생 딸이 사고 쳤다는 게 더 어색했다. 내 딸이 아닌 것 같아서 거의 말을 안 했다. 딸 얼굴을 쳐다볼 수가 없었다. 섭섭함과 괘씸한 마음이 덜 수그러들었다. 그러면 안 되는데. 마음대로 되지 않았다. 머리와 가슴이 따로 놀았다. 큰딸도 계속 눈치만 보는 듯했다. 서로 필요한 말 외엔 하지 않았다. 말을 하더라도 눈은 마주치지 않았다. 작은 딸과 다르게 살갑지 못한 큰딸의 성격도 한몫했다. 나도 부드럽고 자상한 엄마는 아니었다. 엄한 말투, 명령의 말투뿐 다정다감한 엄마는 아니었으니 뭐 그리 낯설지도 않았다. 두 딸이 떠들고 장난치는 모습도 안 보였다. 고요했다. 큰딸이 내 눈치를 볼까 봐 일부러 집에 늦게 들어갔다. 밥이라도 편하게 먹어야 태아한테 갈 테고. 나 때문에 스트레스 받으면 배 속의 아이도 스트레스를 받을 테니까.

눈물바다가 된 결혼식장

결혼식 당일이다. 잠을 설쳤다. 딸아이와 거실을 오가며 여러 번 마주쳤지만, 우리는 서로 아무 말도 하지 않았다. 딸을 볼 때마다 울컥할 것만 같았다.

"엄마! 준비 다 했어? 이러다 늦겠어!"

딸의 재촉에 서둘러 집을 나섰다. 미용실까지는 20분 남짓. 차 안에서도 우리는 입을 열지 않았다. 자꾸만 가슴이 메어왔다. 생에 가장 행복한 날. 딸의 눈에서 눈물이 흐르게 만들 수는 없었다. 나는 침을 꿀꺽 삼키고 애써 창밖을 바라보았다.

미용실에 도착했다. 우리 둘은 나란히 앉았다. 딸은 신부 화장을, 나는 신부 엄마 화장을 시작했다. 보고 싶었다. 곁눈으로 훔쳐보려 애썼지만 제대로 보이지 않았다. 미용실 직원들과 애꿎은 농담만 주고받았다. 웃었다. 웃으려 애썼다. 엄마답게 굴어야지. 속으로 수천 번 되뇌었다. 머리를 만지던 원장이 잠시 왼편으로 움직이는 사이, 오른쪽 거울을 통해 신부 화장을 거의 마친 딸의 모습을 볼 수 있었다. 거울에 비친 모습. 내 딸이었다. 끝내 나는 눈시울을 붉히고 말았다.

"아! 너무 예쁘다! 내 딸! 우리 엄마도 이랬겠구나!"

울음 섞인 목소리로 내가 뱉어낸 한마디. 미용사들 손길이 멈췄다. 다 우는 눈치였다.

"엄마, 그러지 마! 그러지 마. 안 돼!"

딸이 천장을 향해 고개를 들었다. 얄미울 정도로 담담했던 딸이 눈물을 참으려 애썼다. 웬만해선 잘 울지도 않는 아이인데 눈물이 터지고 말았다. 공들여서 한 딸의 화장이 지워질까 봐 밖으로 나왔다. 예쁜 내 새끼. 딸이 가장 아름답고 예뻐야 하는 날에 나 때문에 망칠 수는 없었다. 화장과 머리 모양도 다 갖추지 못한 채 밖에서 기다렸다. 또 옆에 나란히 앉아있으면 둘 다 화장을 망칠 것 같았다. 될 수 있으면 결혼식 직전까지 딸이랑 마주치지 않으려 애썼다. 신부대기실도 안 들어갔다. 하객들을 맞이하던 내게 친정 언니가 급히 달려왔다.

"아이고, 큰일이다! 신부가 너무 울어서 어떡하냐? 화장다 지워지겠어. 좀 가봐!"

좋아서 생글생글 웃으며 떠날 줄 알았는데 걱정이 되어 달려갔다. 시어머님(딸의 친할머니)이 오셨다. 친할머니를 보자 또 눈물이 터진 것이다. 당연히 우리 시어머님께서 먼저 우셨겠지만 워낙 두터운 정을 나눴던 관계라 초상집인지, 결혼식장인지 구분이 안 될 정도였다. 내가 끼어들면 더 울 것 같아서 그냥 모른 척했다. 화장을 몇 번이고 고치는 딸을 보면서도 외면했다. 우리 시어머님은 또 아들이 그리우셨을 테고. 예쁜 손녀 시집가는 날, 아빠가 없으니 얼마나 가슴 아프셨을까. 난 친정과 시댁 식구들, 친한 친구 몇 명만 초대했는데 예식장은 발 디딜 틈이 없었다. 큰딸이랑 작은딸이 대학생이니까 대학생들로 북적였다.

"어머님, 혼주석에 의자 두 개인데 그대로 둘까요? 한 개 치울까요?"

예식장 직원이 조심스러운 목소리로 내게 말했다. 잠시 고민했다.

"그냥 의자 한 개 치워 주세요. 저 혼자 앉을게요."

빈 의자를 보면 남편 생각에 더 울컥할 것 같았다. 눈물을 참으려 화장실로 뛰었다. 사람이 많았다. 비상계단으로 갔다. 아무도 없는 계단에 앉아 숨죽여 조용히 울었다. 남편한테 하소연했다. 볼 수 있는지, 듣기는 하는지.

"애들 아플 때도 혼자였어! 학교 부모 공개수업 때도 항상 뒤에서 서성거리기만 했어. 얼마나 주눅 들었는지 알아! 애들 입학식 졸업식 때도, 애들 상 탈 때도, 애들 수능시험 날도 항상 나 혼자 갔어! 오늘은 너무하잖아. 불쌍한 내 새끼들 어떡하냐고! 결혼식 날도 나 혼자야. 왜 당신 앉을 자리를 없애야 하고, 왜 딸아이 시집보내면서 손잡아 줄 당신이 없어야 해! 궁금하지도 않아? 당신 닮아서 얼마나 예쁜데! 보고 싶지 않아?"

결혼식 사진에 아빠의 자리는 없었던, 그 빈자리를 보며 가슴 아파해야 할 딸. 너무 가엾었다. 천사보다 더 아름다웠다. 동화 속 공주님보다 더 빛났다. 그렇게 고운 딸을 나 혼자 봐야 하는 게 아까웠다. 이 세상 모든 딸 통틀어서 내 딸이 가장 예뻤다. 남편이 그 모습을 보면 감격해서 울겠지. 큰딸 유치원 재롱잔치 보면서도 울었던 사람이니까. 겨우 진정시키고 화장을 고쳤다. 담담해지자. 침착하자. 결심했다. 애써 웃으며 예식장에 들어갔다.

예식이 시작되고 신랑 신부 입장할 차례다. 신부 손을 누가 잡고 들어갈까 걱정도 하고, 의논도 했다. 그냥 신랑 신

부 둘이 나란히 입장하기로 했다. 나는 덤덤하게 앞에 나오는 스크린을 주시했다. 3분의 1쯤 입장했을 때다. 잠시 정적이 흘렀다. 웅성거리는 소리에 뒤를 돌아봤다. 신부는 입장하는 길에 서 있고, 신랑 혼자 앞으로 뚜벅뚜벅 걸어왔다. 그리고 내 손을 덥석 잡았다.

"어머니! 딸 손잡고 들어가셔야죠."

당황스러웠다. 나는 안 된다고 손을 내저으며 몇 번이고 거절했다. 예상치도 못했던 일. 사위 마음이 예쁘고 감격스러워서 눈물이 났다. 애써 진정했다. 사위의 손에 강제로 이끌려 신부에게 다가갔다. 더 이상 딸 혼자 덩그러니 서 있게 할 수 없었다. 그 많은 결혼식장을 다녀 봤어도 신부 엄마가 신부 손을 잡고 들어가는 일은 본 적이 없다. 용기를 냈다. 영문도 모른 채 갑자기 자리를 이탈하는 신랑을 보면서 당황했을 내 딸. 손을 꼭 잡았다. 이미 눈물 콧물 범벅이 된 딸. 신랑의 돌발행동에 감동했을 딸. 아빠 대신 엄마 손을 잡고 신부 입장을 하는 딸. 만감이 교차했을 것이다. 신랑의 서프라이즈였다. 우리 모녀는 두 손을 꽉 잡았다. 딸 울음소리가 더 크게 들렸다. 주르륵 흘러내리는 눈물. 당당하게 걸어 들어갔다. 신부 아빠들처럼 나도 신부인 딸의 손을 신랑에게 조심스럽게 건네주었다. 그리고 살며

시 안아주었다. 그때 양희은 가수의 '엄마가 딸에게'라는 노래가 나왔다고 했는데 나는 못 들었다. 안 들렸다. 몇백 명이 넘는 사람들의 훌쩍거리는 소리만 들렸다. 통곡하는 사람들도 있었다. 분명 우리 친정 식구나 시댁 식구였을 거다. 예식 진행이 어려울 정도였다. 예식을 돕는 도우미들도 눈물을 훔치는 모습이 보였다. 완전 각본 없는 드라마다. 우리 사위는 어떻게 그런 깜찍한 생각을 했을까. 기특하고 속이 깊다. 세상에서 가장 아름답고 고귀한 결혼식 같았다.

엄마가 미안해

"내가 집을 비워서 쓸쓸하고 적적하겠지만, 내 동생 진이는 슬퍼지지 않게 엄마가 잘해 줘. 다른 건 몰라도 우리 셋이서 서로 의지하며 든든했는데. 그걸 둘로 만들어버린 게 가장 미안하고 마음이 아파. 진이랑 엄마가 내 빈자리 느끼지 않도록 나도 노력할게."

신혼여행 가면서 딸이 주고 간 편지다. 하객들 챙기고 밤늦게야 펼쳐 보았다. 옆에 미리 깎아 놓은 사과를 우걱우걱 씹어 먹었다. 쩝쩝거리며 더 크게 씹었다. 가슴이 콱 막혔다. 목에 뭔가 걸린 것처럼 목이 메었다. 눈물 맛인지 사과 맛인지, 눈물이 멈추지 않았다.

"그렇게 동생이 걱정되면 배신하지 말지! 나쁜 계집애!"

구구절절 써 내려간 3장 분량의 편지. 온갖 엄마 걱정과 동생 걱정뿐이다. 그럴 거면 왜 떠났냐고 한마디 하고 싶었다. 그 흔한 사춘기, 질풍노도의 시기도 아무 탈 없이 공부만 했던 아이였다. 제대로 한 방 먹이고 떠났다. 편지를 읽고 또 읽고 몇 번이나 읽으며 밤을 지새웠다.

"편지 쓰면서 많이 울었을 텐데. 아빠가 아주 그립고 보고 싶었을 텐데. 말도 못 하고 얼마나 아팠을까 내 새끼. 얼마나 울었을까. 두 달 동안 얼마나 가시방석이었을까. 배 속에 자라는 아이에 대해 궁금한 것도 많았을 텐데. 눈치 보느라 나한테 못 물어보고 책 보고 인터넷 뒤지고 그랬겠지. 어디 아기를 이론대로 키우냐! 아이고, 내 새끼! 가엾어서 어떡해!"

누가 보면 미친 사람이라고 할 정도로 계속 혼자 떠들어댔다. 결혼식 전날까지 말도 하기 싫고 어색한 딸이었는데 그런 감정은 온데간데없이 사라졌다. 잘해 준 게 없었다. 미안했다. 안쓰러웠다. 한없이 가엾고 불쌍했다. 그동안 못 해 준 것만 떠올랐다. 가슴 아팠다. 쉴 새 없이 눈물만 흘렀다.

딸의 결혼 소식을 알렸을 때 몇몇 사람들은 이런 반응이었다.

"잘 됐다! 힘든데 식구 하나 줄면 짐도 덜어지고 좋지!"

한 번도 아이들을 짐이라고 생각한 적 없다. 그런 반응들은 전혀 위로되지 않았다. 내가 사는 이유였던 아이들을 '짐'에다 비유하는 게 불쾌했다. 우리 아이들은 내게 짐이 아니라 '힘'이다. 내가 살아갈 수 있었던 힘! 살 수 있었던 힘! 그 자체였다. 큰 힘이었던 딸 하나를 뚝 떨어뜨려 보내는 마음. 심장 하나가 떨어져 나간 것 같았다. 생각이 많았다. 그날 밤은 반성문을 쓰래도 10장 넘게는 거뜬히 쓸 것 같았다. 엄마로서의 미안함 때문에.

새벽 1시다. 신혼여행을 간 딸에게서 카톡이 왔다.

"엄마, 보고 싶어!"

딸이 고3 때 비슷한 일이 있었다. 학교에서 야간 자율학습 할 시간이었는데 전화가 왔다.

"엄마! 미안해! 엄마! 미안해!"

펑펑 울며 계속 같은 말만 반복했다. 학교에서 무슨 일이 있는지 물어봐도 울기만 했다. 교실로 들어간다며 전화를 끊었다. 당장 쫓아갔다. 가는 내내 가슴 졸였다. 교실 창문을 조심스럽게 들여다봤다. 모두 조용히 앉아 공부 중이었다. 딸도 마찬가지였다. 휴! 놀란 가슴을 쓰다듬고 학교 앞에서 기다렸다. 밤 10시. 학생들이 좋알대며 나오기 시작했다. 한꺼번에 쏟아져 나오는 학생들 사이에 딸이 눈에 띄었다. 보자마자 달려갔다.

"무슨 일이야! 왜 그래? 왜 울었어?"

"공부하는데 갑자기 엄마가 생각나서."

아무 일 없었다는 듯 방긋 웃었다. 한숨을 내쉬었다. 그리고 둘이 팔짱 끼고 집으로 돌아왔던 기억이 난다. 나도 엄마가 보고 싶을 때가 있었고, 미안했을 때도 많았다. 그럴 때마다 엄마한테 보고 싶다, 죄송하다 한 적은 한 번도 없다. 그냥 전화해서 다른 이야기만 하다가 끊곤 했다. 그런데 딸은 그렇게라도 표현해 주니 나보다 낫다.

큰딸 수능시험 날이었다. 새벽부터 준비한 도시락을 챙기고, 수험표를 챙겼는지 확인하다가 딸이 펼치는 지갑을 봤다. 사진 하나가 눈에 띄었다. 신분증 넣는 공간이었다.

"그 사진 뭐야? 무슨 사진이야? 이리 줘 봐!"

"아무것도 아니야!"

숨기듯 가방에 넣는 지갑을 낚아채서 봤다. 유치원 때로 보이는 딸의 모습과 남편이 다정하게 안고 있는 사진이었다. 코팅까지 해놓았다. 아무 말 없이 그냥 덮었다. 가슴이 뭉클했다. 차에 태우고 수능 고사장까지 가면서 별다른 말 없이 라디오만 들었다. 아빠가 데리고 가면 더 힘이 날 텐데. 아이를 응원해 줘야 하는 날인데 자꾸만 울컥했다.

"편안하게 차분하게 잘하고 와! 내 딸! 잘할 수 있지?"

"오케이! 걱정하지 마, 엄마!"

차에서 내려 가볍게 안아줬다. 손을 흔들며 웃으며 들어가는 아이. 너무 씩씩해서 왈칵 눈물이 쏟아졌다. 내 마음과 다르게 참 밝았다. 아이가 수능을 잘 치는지에 대한 걱정보다 사진이 종일 마음에 걸렸다. 나는 앨범 속 남편 모습을 볼 자신이 없어서 한 번도 펼쳐보지 못했다. 그런데 언제 그런 사진을 찾아서 가지고 다녔는지. 딸의 마음을 알아차리지 못했다. 가슴이 찢어질 것만 같았다. 한 번도 아빠를 찾거나 그리워한 적이 없었던 딸이다. 아빠 없는 딸의 슬픔과 아픔. 잘 몰랐다. 그 마음을 어루만져 준 적 없었다. 내 슬픔만 크고, 내 아픔만 큰 줄 알았다. 나의 외로움을 아이들에게까지 전달하지 말자고 늘 다짐했다. 아이들은 외롭지 않도록. 그런데 많이 외로웠나 보다. 아프고 힘들었나 보다. 늘 지나친 관심이고 지나친 집착이라며 아이들이 불만을 털어놓았을 때도 몰랐다. 집착과 관심이 사랑인 줄 알았다. 그런데 아이가 진정으로 바라는 것이 무엇이었는지 몰랐다. 미안하다. 내 딸!

큰딸이 결혼하고 며칠 후였다. 내내 작은딸의 어깨가 축 처져있고, 말수도 부쩍 줄어들었다.

"왜 그래? 언니 보고 싶어서 그래? 많이 허전하지?"

"아니야, 언니 안 보고 싶어! 괴롭히는 사람 없어서 편해!"

"언니는 언니 인생 살고, 우리는 또 우리끼리 즐겁게 살자."

아이를 달랬다. 딸아이는 눈물을 뚝뚝 흘렸다. 그러더니 목 놓아 크게 울었다. 그동안 감정을 억누르고 있었음을 짐작했다. 이해했다. 나 같아도 그랬을 거다. 딸 둘은 친구보다 더 친했고 항상 함께였다. 언니가 결혼하자 동생인 작은딸은 빈자리를 느끼며 허전했던 모양이다. 눈시울이 붉어졌지만, 참았다.

"나쁜 놈! 도둑놈!"

애꿎은 사위한테 욕을 했다. 그 말에 작은딸이 울다가 웃었다.

며칠 후 욕실에 들어갔을 때다. 칫솔걸이에서 칫솔을 꺼내는데 큰딸 칫솔이 눈에 들어왔다. 쓰던 칫솔까지 챙겨가지는 않겠지. 쓰레기통에 버렸다. 칫솔걸이가 허전했다. 예전에 남편 칫솔 없앨 때가 생각났다. 가족의 빈자리는 칫솔 하나로도 느낄 수 있다. 마음 한구석이 또 허전했다. 가족이 하나 더 생기면 칫솔 하나가 더 늘어난다. 그런데 우리 집은 칫솔이 자꾸만 사라진다. 남편과 결혼해서 두 개의 칫솔이 다정하게 있었고, 아이들 낳고 칫솔꽂이에는 4개의 칫솔이 가지런히 놓여 있었다. 그런데 남편 칫솔이 사라지고, 큰딸 칫솔도 사라졌다. 언젠가는 칫솔이 또 하나 사라지겠지. 그러면 하나밖에 남지 않을 내 칫솔. 작은딸을 또 언젠가 떠나보내야 한다는 생각에 허전함이 밀려왔다. 가족의 빈자리, 큰딸의 빈자리를 느끼는 날들. 맏딸이어서 어깨에 짐을 얹어 주진 않았을까. 큰딸의 빈자리는 오래도록 적응되지 않았다.

나는 가장 듣기 싫은 말이 '미안해, 죄송합니다'이고, 가장 하기 싫은 말도 '미안해, 죄송합니다'이다. 사람이 살다 보면 본의 아니게 실수를 저지르고, 잘못하는 일도 많다. 나도 그렇다. 하지만 내가 누구에게 잘못했다는 생각이 들거나, 잘못했을 때는 반드시 사과한다. 다만 미안할 짓을 하지 말자! 내 삶의 철학이다. 미안할 짓을 안 하면 사과할 일도 없기 때문이다. 그래서 실수를 줄이려고 잘못을 줄이려고 노력하는 편이다.

내가 지금껏 살면서 가장 미안한 사람, 용서받고 싶은 사람이 있다. 큰딸이다. 작은딸은 아직 내 품에 있으니까 좀 덜할지 몰라도 큰딸에게는 진심으로 사과하고 싶다. 엄격하게 훈육하는 우리 가정 문화가 싫어서, 어쩌면 도망치듯 '결혼'이라는 탈출을 시도했을 딸. 결혼시키고 나서야 깨달았다. 내가 많이 잘못한 것을. 후회하며 자책했다. 큰딸이 엄마의 인생, 엄마의 삶을 무조건 이해해 주길 바랐다. 내 삶의 무게를 큰딸이니까 같이 짊어질 수 있을 거라 믿었다. 결혼시킬 당시만 해도 서운하고 괘씸하고 미웠던 딸. 내 품을 떠난 후에야 잘못된 양육 태도를 반성했다.

큰딸 꿈은 의사였다. 정신과 의사. 엄마처럼 마음이 아픈 사람들 치료해 주고 싶다는 게 이유였다. 아이가 중학교 때만 해도 내가 의대생 엄마, 의사 엄마가 될 수 있다는 게 자랑스럽고 설레었다. 힘들어도 참고 일할 수 있었다. 2년 차이 나는 동생이 대학에 가면 두 아이 등록금을 마련해야 한다. 점점 부담이 느껴졌다. 일 년이면 2천만 원 넘게 들어가야 하는 등록금. 점점 자신이 없어졌다. 그래서 늘 공부만 하는 아이가 부담스러웠다. 넉넉한 집안에 태어났으면 마음껏 꿈을 펼칠 수 있을 텐데. 결국 의대를 포기하고 간호학과에 갔다. 미안했다. 그런데 둘 다 장학금 받아서 학비가 거의 안 들어갔다. 용돈도 아르바이트해서 썼다. 꿈을 막지 말았어야 했다. 아직도 후회스럽다.

딸이 결혼한 지 6개월 만에 공주가 태어났다. 본의 아니게 48살에 할머니가 됐다. 딸은 병원에서 10시간 넘게 진통하고 순산했다. 친정 엄마는 필요도 없었다. 병원에서 남편만 곁을 지키게 했다. 밖에서 조마조마한 마음으로 기다렸다. 간호사가 갓 태어난 아기를 데리고 나와서 안겨 주는데 눈물이 났다. 아기가 눈도 제대로 못 뜬 채 입을 오물거렸다. 감격스러웠다. 신기했다. 너무 미안했다. 딸한테도 손녀한테도. 어쩌면 나 때문에 이 세상 빛을 볼 수 없었을지도 모른다는 생각에 참회의 눈물을 흘렸다.

김미경 강사의 저서 『엄마의 자존감 공부』를 읽은 적이 있다. 그 책에서 "천 번을 미안해도 나는 엄마다."라는 글귀가 큰 울림을 주었다. 딸에게 잘못한 것과 미안함을 위안받을 수 있었다. 온통 미안한 일투성이지만, 그렇다. 나는 엄마다. 자식이 어떤 잘못을 해도 어떤 선택을 해도 자식 편이어야 한다. 천 번, 만 번 미안해도 나는 엄마다.

"고마워! 내 딸로 태어나 줘서. 넌 나의 힘이었어! 미안해! 엄마를 용서해 줄 수 있겠니?"

느리게, 느리게 받아들이고 체념했던 아이

"거미야, 넌 아빠 있어? 나는 아빠 없다. 사람들이 아빠 죽었대! 거미야! 오늘은 뭐 해? 나는 유치원 가는데. 내 짝꿍이 괴롭혀서 가기 싫은데 안 가면 엄마한테 혼나!"

엘리베이터도 없는 낡은 아파트 5층. 창문을 열면 거미가 집을 짓고 살았다. 6살 딸이 매일 아침 눈을 뜨면 창문을 열고 거미랑 대화를 한다.

어느 날 작은딸이 거실에 소꿉놀이 도구들이랑 아빠가 사 준 인형들을 쭉 진열하듯 늘어놓았다. 그리고 아빠가 마지막으로 사 준 토끼 인형에게 말을 한다. 소꿉놀이 중 아빠 역할인가 보다.

"아빠! 아빠는 하늘나라가 그렇게 좋아? 왜 이렇게 안 와?"

설거지를 하던 내 손이 멈췄다. 고무장갑을 벗고 아이에게 다가갔다.

"진아! 아빠는 다시 볼 수 없다고 엄마가 말했잖아. 아주 먼 나라로 가셨다고. 못 오신다고!"

"그럼 가짜 아빠라도 데리고 와!"

떼를 쓴다. 야단칠 수도 없는 노릇. 조용히 눈물을 닦았다. 남편이 마지막 선물로 주고 간 내 휴대폰. 아이가 집어 들고 온다.

"엄마, 하늘나라에 전화해 줘! 아빠한테 전화해 줘!"

가슴이 꽉 막히는 것 같았다. 계속 떼를 쓰는 아이. 어떤 말로도 설득이 안 되었다. 더 이상 달랠 수도 없었다. 욕실로 들어가서 딸아이 몰래 친구한테 전화했다.

"숙아! 진이가 자꾸 아빠를 찾는다! 미치겠어! 하늘나라에 전화해 달래! 내가 이따가 전화할 테니 너 남편 좀 바꿔 줘. 그리고 우리 애들 아빠인 척 연기 좀 해달라고 해줘!"

"어떡하냐! 불쌍해서. 그래, 알았어!"

친구와 각본을 짰다. 예정대로 전화를 걸어서 딸아이를 바꿔 줬다.

"아빠! 왜 이렇게 안 와? 하늘나라가 그렇게 좋아? 언제 와? 보고 싶어!"

떼를 쓰며 칭얼거렸다. 친구 남편은 아이 아빠인 척했다. 2분 남짓 통화를 하고 전화를 끊었다.

"엄마! 아빠가 엄마 말씀 잘 듣고 있으면 온대! 와! 신난다!"

눈앞이 흐려져 딸 얼굴을 쳐다볼 수가 없었다. 다행히 친구 남편이 아이를 잘 다독였다. 친구랑 아직도 그 일을 가끔 이야기하며 쓴웃음을 짓곤 한다. 그때 부부가 많이 울었다고 한다. 어린아이가 아빠가 돌아가신 것도 모르고 찾으니 얼마나 가슴 아팠을까. 죽음이 뭔지 조금씩 깨닫게 되던 아이는, 그 일이 거짓이었다는 것을 알게 되었다. 아직도 그 일을 기억하며 그때 왜 그랬냐고, 엄마 나빴다고 투덜댄다.

작은 딸아이 유치원 재롱잔치 날이다. 큰딸 재롱잔치 때는 시댁 식구들이랑 남편이랑 모두 같이 가서 감동의 눈물을 흘렸다. 처음 학부모로서 느꼈던 뿌듯함과 보람, 기쁨을 만끽할 수 있었다. 작은딸 재롱잔치는 나 혼자 갔다. 그게 편할 듯했다. 초대석은 꽉 찼다. 서서 보는 사람들도 많았다. 오색 빛깔 찬란한 조명 아래 100여 명의 아이가 3시간 동안 장기자랑을 했다. 어딜 내놔도 자기 자식은 금방 눈에 들어오는가 보다. 우리 아이만 보였다. 사랑스러웠다. 기특했다. 해맑게 웃으며 신나 있는 모습이 예뻤다. 율동과 연극, 노래와 춤을 실수 없이 해냈다. 내 딸은 더 돋보이고, 더 빛나고, 더 눈에 띄었다. 눈물에 가려 흐릿한 모습이지만 내 아이만큼은 잘 보였다. 나 혼자 보려니 아깝고 안타까웠다. 한 장면 한 장면이 소중하고 아쉬웠다. 남편이 있었으면 얼마나 좋아했을까. 얼마나 행복해했을까. 남편의 빈자리가 더 크게 느껴졌다. 3시간 내내 눈물이 멈추지 않았다. 마지막 순서였다. 아이들이 모두 무대에 나왔다.

"아빠, 힘내세요~ 우리가 있잖아요~ 아빠~ 힘내세요~~ 우리가 있어요~"

딸은 맨 앞줄에 서서 씩씩하게 율동을 했다. 두 팔을 머리 위로 쭉쭉 뻗었다. 해맑게 웃었다. 폭풍 눈물이 쏟아졌다. 남편이 떠난 지 겨우 6개월. 아빠 힘내라고 열창하는 아이. 힘내줄 아빠가 없다. 같이 봤으면 얼마나 좋았을까. 기쁨이 몇 배였을 텐데.

6살, 너무 어렸다. 그래서 더 많이 울게 했던 딸이다. 잔병치레도 많았다. 남편이 있을 때는 아이들이 아프면 남편이 더 많이 보살펴 주었고, 함께라서 힘든 줄도 몰랐다. 그런데 나 혼자 보살펴야 하니 아픔은 배가 되었다. 보살피는 게 힘든 것이 아니다. 아이들이 아프면 더 안쓰럽고 가엾고 가슴 아팠다. 갑자기 토하고 열나는 일도 셀 수 없다. 혼자 아이를 둘러업고 혹시라도 잘못될까 봐 가슴 졸이며 응급실로 달려갔다. 그럴 때면 남편이 더 그립고 서러웠다. 힘겨웠다. 아이들 크면서 누구나 겪는 일이다. 그렇게 심각한 일도 아니다. 그때는 왜 그렇게 무서웠는지 모른다. 큰아이보다 아빠의 사랑을 덜 받아서 그런 걸까. 별별 생각이 다 들고 애간장이 탔다.

아이와 외식하던 날. 당시 유행이었던 무한 리필 고기 뷔페 집이었다. 6살 작은딸이 맞은편 앉은 사람들을 계속 쳐다봤다. 민망했다.

"왜 그래? 왜 자꾸 거길 쳐다보니? 그러면 안 돼!"

"나도 아빠가 있었으면 좋겠다!"

아이의 시선을 따라 가봤다. 네 식구가 다정하게 식사하는 모습이 보였다. 아빠가 고기를 구워 아이들 챙기는 모습이 부러웠던 모양이다. 그러던 아이가 언제부터인가 아빠가 돌아가셔서 볼 수 없음을 알아차렸다.

"진아! 왜 요즘은 아빠 안 찾아? 왜 보고 싶다고 안 해?"

"엄마 또 울까 봐 그러지!"

어린 마음에도 엄마가 우는 게 싫었던 모양이다. 아이는 초등학교 2학년 이후로 아빠 보고 싶다는 말도, 아빠 이야기도 잘 하지 않았다.

27살 딸 방에 온통 잡동사니가 늘어져 있다.

"너 나가 살아! 제발 독립 좀 해! 시집을 가든가! 도대체 나이가 몇 살인데 아직도 엄마 없으면 아무것도 못 하니!"

"엄마는 나 없으면 못 살잖아! 엄마랑 같이 살 거야!"

"시끄럽고! 너 시집살이 하는 거 지겹다고! 제발 정리 좀 해! 방 좀 치워! 머리카락 좀 치우라고! 완전 마구간이야! 마구간!"

"엄마, 예수님도 마구간에서 태어나셨어!"

예수님이 마구간에서 태어났으니, 자기도 큰 인물이 될 거라며 당당하게 말하는 작은딸. 말문을 막아버린다. 유머 감각, 순발력과 재치. 남편의 유전자를 다 물려받은 것 같다. 어쩜 아빠를 똑 닮았는지. 식성이며 식습관, 밥 먹는 모습까지도 똑같다.

"국 건더기도 좀 먹어! 어쩜 아빠랑 똑같니!"

"아침에는 잘 안 넘어간단 말이야!"

새벽부터 정성껏 준비한 밥상에서 국물만 먹는 딸. 암만 찾아봐도 나를 닮은 구석은 하나도 없다. 그래서 더 예쁘다. 아빠를 닮아서 손재주가 좋다. 시각 디자인을 전공했다. 웹디자이너다. 그림도 잘 그린다. 집 안 곳곳 근사한 작품들로 가득하다. 고장 난 물건도 잘 고친다. 복잡한 물건,

조립해야 하는 것도 순식간에 완성한다. 쓸데없는 물건들 모아서 집을 어지럽히는 것도 닮았고, 따라다니며 치워야 하는 것도 닮았다. 어쩌다 갑자기 방 정리를 하면 웬일인가 하면서도 이내 마음이 바뀐다. 남편이 떠나기 며칠 전부터 정리하던 모습이 떠올라서다. 트라우마다. 안 치우면 화가 나고 답답하지만, 갑자기 정리하면 오래전 기억이 되살아나서 불안하고 무섭다.

"하지 마! 엄마가 할게. 갑자기 안 하던 짓 하면 무서워!"

나랑 밥 같이 먹어주는 유일한 사람. 작은딸 덕분에 반찬 하나라도 더 하게 된다. 식탁에 앉아 도란도란 이야기 나누는 시간. 얼마나 소중하고 감사한지 모른다. 어릴 때 자기가 성공하면 10만 원 준다고 큰소리 떵떵 쳤던 아이. 이제는 100평짜리 집 사 준다, 외제차 사 준다며 큰소리친다. 나를 울렸다 웃겼다 하는 소중한 내 딸. 바르고 착하게, 순수하게 잘 자라준 딸. 항상 고맙고 미안하다. 아빠의 죽음을 느리게, 아주 느리게 받아들였던 딸. 그래서 더 아픈 손가락. 언제나 내 편이고, 아직도 내 품속을 파고드는 아기. 그런 딸을 위해 오늘 저녁 반찬은 아이가 좋아하는 닭볶음탕을 해야겠다.

두 딸은 세상의 전부였다

아이들이 고등학생 때로 기억된다. 휴대폰에 내 전화번호를 어떻게 저장해 두었는지 알게 된 적이 있다. 셋이 대화하다가 우연히 알게 된 사실이다. 큰딸은 '엄틀러(엄마+히틀러)' 독재자 엄마라고 했다. 작은딸은 '어디니?'라고 했다. 내가 전화하면 첫마디가 "어디니?"였으니까 그렇게 저장했다고 한다. 좀 충격이었다. 엄마 말은 곧 법이다. 너무 심했나. 웃음이 나왔다. 싫지는 않았다. 아빠 역할까지 하려면 엄격하게 키워야 한다고 생각했다. 역효과였다는 걸 뒤늦게야 깨달았지만.

작은딸이 연락이 안 되면 큰일이라도 난 것처럼 호들갑을 떨었다.

"진이가 연락이 안 된다! 카톡도 안 보고 전화도 안 받아! 빨리 좀 찾아봐!"

"아! 엄마! 걔가 어린애야? 나이가 몇인데! 제발 집착 좀 하지 마!"

큰딸을 달달 볶았다. 맨날 내가 자기들한테 집착한다고 더 큰소리친다. 나는 관심인데 아이들은 집착으로 받아들이는 게 서운했다. 큰딸이 결혼하고 나서부터는 통금시간도 없앴다. 어차피 소용없을 것 같았다.

작은딸이 초등학교 3학년 때다. 학교 마치고 울면서 들어왔다. 수업 시간에 '장래 희망' 발표하는 시간이 있었다고 한다. 딸은 '인간'이라고 발표를 했단다. 친구들이 배꼽 잡고 웃었다고 했다. 깜짝 놀랐다. 뭔가 모자라는 아이 같았다.

"너 왜 그랬어! 그런 걸 장난치면 어떡해!"

"엄마가 맨날 인간이 되어라! 인간이 되어라! 그랬잖아! 그래서 엄마가 바라는 대로 되려고 그랬지!"

비정상인가 했다. 4차원인가 하면서도 웃음이 나왔다.

작은딸 중학교 3학년 때는 내가 태어나서 가장 감동적인 선물을 받았다. 내 생일 날, 자정이 되자 쉴 새 없이 문자가 들어왔다. 30통이나. 작은딸 반 아이들이 축하 메시지를 다 보내줬다. 서프라이즈 선물에 얼마나 감격했는지 모른다. 교우관계가 좋다는 걸 알게 되어 감사했다. 그 선물은 절대 잊을 수 없는 아주 소중한 메시지다.

며칠 전 어버이날이었다. 예전 같으면 선물과 함께 카드나 편지를 줬는데 이번에는 특별했다. '엄마 안내서'라는 작은 책자를 만들어 줬다. 그림도 그리고, 글도 쓰고, 예쁘게 꾸며져 있었다. 이벤트를 잘하는 아이라서 늘 감동한다. 가슴이 뭉클한 대목도 있고, 거실 바닥을 뒹굴며 웃었던 대목도 있었다. 그 책자를 읽으며 내가 살아낸 시간을 보상받는 기분이었다. 행복했다. 감동적이었다.

남편이 없는 시간. 아이들과 틈틈이 놀이동산도 다니고, 계절마다 여행도 다녔다. 부족했지만 나름대로 노력이었다. 아이들에게 많은 추억을 안겨 주고 싶었다. 20개월 차이 나는 자매다. 사람들이 쌍둥이냐 착각할 정도로 머리 모양이며, 옷이며, 신발이며 똑같이 차려서 내보냈다. 아무리 바빠도 머리 묶는 것 하나 대충하지 않았다. 학교 다니는 내내 두 딸은 상장을 수두룩하게 타왔다. 나중에는 상장이 그냥 종이로 보일 정도였다. 글짓기, 논술, 미술, 노래, 달리기, 음악 등 다양한 분야의 상장이다. 처음에는 코팅해서 벽에 붙여 줬는데 양이 많아지면서 앨범에 보관했다. 자랑스러웠다. 큰딸은 공부를 잘하고, 작은딸은 예체능을 잘

했다. 내가 미술에 대한 지식은 없지만, 모든 작품이 감격스러웠다. 중학교 3학년 때 갑자기 예술고등학교에 가고 싶다고 했다. 경제적으로 부담스러웠다. 하지만 입시 4개월 앞두고 미술학원에 등록해 줬다. 학원비가 한 달에 300만 원이 넘었다. 카드 할부로 결제를 하고 보냈는데 며칠 만에 포기했다. 학원생들에게 많이 뒤처진다는 핑계였다. 어릴 때부터 배웠던 아이들과 비교하면 당연히 처질 수밖에 없었을 것이다. 오히려 잘됐다는 생각이 들었다. 그때 우겨서라도 계속 보냈어야 했는데 아쉽고 미안하다.

새벽 2시. 큰딸은 병원 나이트 근무 중이다. 졸린다고 방금 카톡이 왔다. 졸음을 참으며 밤새 환자를 돌봐야 하는 딸이 안쓰럽다. 작은딸은 곤히 잠들어 있다. 선풍기를 꺼주고, 이불로 배를 덮어 줬다. 뒤엉킨 머리카락을 정리해 주고, 얼굴을 빤히 쳐다본다. 입을 삐죽 내밀고 자는 모습이 사랑스럽다. 입꼬리가 쭉 올라간다. 오늘따라 이 시간이 더 소중하게 느껴진다.

아빠가 꼬마를 안고 가는 모습. 아빠와 딸이 다정하게 걷는 모습. 아직도 한참 쳐다보게 된다. 아빠 사랑이 그리울 딸들. 나를 행복하게 하는 딸들. 세상의 전부다.

4장

꿈이 있기에 아직은 아니다

잊고 있던 꿈

10월의 하늘은 곱고 청명했다. 구름 한 점 없다. 평화로워 보인다. 잔잔히 흐르는 계곡물에 물고기 떼들이 헤엄치며 노는 모습까지도 훤히 보인다. 조금씩 물들어 가는 나뭇잎들은 각각 다른 모습이었다. 강산이 두 번쯤 바뀌어야 할 세월인데 그곳은 변함없었다.

남편이 떠나고 2~3년 후쯤으로 기억된다. '수영금지'라는 현수막이 여기저기 붙어있었다. 아예 못 들어가게 막아 놓았다. 캠프와 야영장으로 꽤 유명했었는데 폐유원지가 되었다. 남편이 죽은 자리는 거의 폐쇄되었다. 그곳에서 사람들이 많이 죽는다고 했다. 관리소에서 들은 이야기다. 과학적으로는 설명할 수 없다고 했다. 그곳에 방문할 때마다 관리소에 사정 이야기를 하면 들여보내 준다.

"남편이 여기서 돌아가셨어요. 술 한 잔 따라드리려고요."

갑자기 간 것이라 국화 꽃송이는 준비하지도 못했다. 편의점에 들러 막걸리와 육포만 준비했다. 작은 바위에 걸터앉았다. 잔잔히 흐르는 물을 보며 사색에 잠겼다. 약하게 부는 바람에 머리카락이 하늘하늘 날렸다. 귀 뒤로 머리카락을 넘겨도 금세 엉클어졌다.

"나 또 왔어! 진짜 안 오려고 했는데. 또 오고 말았네! 잘 지냈어요? 나 너무 지쳐서. 힘들어서…."

웃으려 애썼다. 시야가 흐려졌다. 남편이 마음 아플 텐데. 가시밭길이어도 좋으니 함께였으면 얼마나 좋을까. 고개를 들어 하늘을 봤다. 바람 소리에 귀 기울여 보기도 했다. 기분이 점점 다운되었다. 옆에 있는 작은 나무막대기로 굵은 모래를 폈다 덮었다 했다. 다시 고개를 들어 맞은편을 봤다. '수영금지' 현수막이 눈에 들어왔다. 나는 수영을 못하니까 저 물에 들어가면 죽을 수도 있다는 뜻으로 보였다. 신발과 양말을 벗었다. 바지를 무릎까지 걷었다. 조심스럽게 물에 발을 넣었다. 발목까지 잠겼다. 허리를 숙여 손을 씻었다. 시원했다. 한 발 한 발 물에 들어갔다. 무릎을 적실 때쯤 돌에 걸려 넘어질 뻔했다. 간신히 균형을 잡았다. 더 들어가면 내가 죽을 수도 있겠다 싶었다. 덜컥 겁이 났다. 물가로 나와서 다시 작은 바위에 걸터앉았다. 도대체 내가

여길 왜 또 왔을까. 잊어야지 해놓고. 먼 산만 바라봤다. 한참 생각에 잠겨 있는데, 갑자기 어디선가 큰딸의 목소리가 들리는 듯했다. 메아리 같았다. 주위를 두리번거렸다. 아무도 없었다.

"엄마! 엄마의 인생 시계는 지금 몇 시야?"

"엄마! 엄마의 인생 시계는 지금 몇 시야?"

반복해서 머릿속을 돌았다. 오래전 딸에게서 들은 그 메시지. '희망'이 번뜩 솟는 느낌. 이건 뭐지! 큰딸이 고등학생 때로 기억된다. 함께 식사하던 자리였다. 그냥 대수롭지 않게 여겼던 질문이었다.

"엄마! 엄마 인생 시계는 지금 몇 시야? 내가 책을 읽었는데 그 책에서 인생 시계에 대해서 나왔거든. 내 인생 시계는 아직 새벽이야. 그런데 왜 나는 진로에 대해 조급해하고, 꿈을 찾기에도 바쁘고, 꿈을 이루려고 힘들어하는지 모르겠어. 아직도 새벽인데 말이야."

진로가 자꾸만 바뀌고 꿈이 자꾸만 바뀌는 딸의 넋두리거니 했다. 그런데 바로 그 자리에서 그 대화가 딱 떠올랐다.

'아! 나에게 꿈이 있었지! 하고 싶었던 일이 있었구나!'

까마득하게 잊고 있었던 꿈. 무릎을 '탁' 쳤다.

20대 후반이었다. 한창 살림과 육아로 시간을 보낼 때다. 그 당시 TV만 틀면 여기저기서 뵐 수 있었던 스타강사 정덕희 교수님이 있었다. 그분의 강의를 들으면 즐겁고 행복했다. 화통한 웃음소리와 입담이 신선했다. 그분의 매력에 흠뻑 빠졌다. 프로그램마다 찾아다니며 그분의 강의를 듣고, 책도 읽었다. 그때마다 막연하게 꿈을 꿨다.

'나도 저분처럼 저런 일을 하고 싶다! 나도 강사가 되고 싶다! 아이들이 좀 크면 나도 저 일을 해야겠다!'

강사. 꿈만 꿨다. 남편의 죽음을 시작으로 내게 폭풍처럼 찾아온 가족들과의 이별. 허우적거렸다. 생계가 우선이었다. 꿈이 있다는 사실조차도 몰랐다. 인생 시계. 계산해 보니 내 꿈을 향해 도전하기에 충분한 시간이다. 100세까지 산다고 가정할 때, 당시 47세. 인생 반도 살지 않았다. 하루 24시간 중 아직 정오도 되지 않은 오전 시간. 13시까지는 하프타임이라고 해도 내 인생 후반전까지 계산하면 늦지 않음을 인식했다. 심장이 요동치기 시작했다. 사람들 앞에서 꿈과 희망을 나눠 주며 강연하는 모습. 상상만 해도 행복했다. 쉽지 않을 거란 생각도 들었지만, 한번 시작하면 포기란 없었던 내가 아니었던가. 80세, 90세쯤 내 인생을 돌아볼 때 꿈을 이루기는커녕, 도전해 보지도 못하고 늙

어간다면 후회할 것 같았다. 반대로 새로운 일에 도전하고, 하고 싶었던 일을 하면서 꿈을 이룬다면, 생각만 해도 가슴이 벅차올랐다.

"참 예쁘게, 멋지게 잘 살았구나!"

노후에 나를 돌아보며 스스로 칭찬하고, 흐뭇하게 눈을 감을 수 있는 모습. 멋졌다.

집을 향해 돌아오면서 심장이 더 크게 뛰는 것 같았다. 설레었다. 기대에 부풀었다. 아직 꿈을 이룬 것도 아닌데 말이다. '강사'라는 꿈을 이루려면 어떻게 해야 하는지 아무것도 몰랐지만 그곳에 갈 때와는 사뭇 다른 기분이었다. 마음이 조급해졌다. 반드시 방법을 찾아내야겠다는 비장한 결심과 각오로 집에 어떻게 왔는지도 모른다. 참 신기했다. 기막힌 타이밍이었다. 몸도 마음도 지쳐 걷는 것조차도 버거울 때였다. 마치 온몸에 영양제 주사라도 듬뿍 맞은 것처럼 기운이 솟았다. 딸과의 대화에서 그냥 대수롭지 않게 여겼던 그 '인생 시계'라는 말이 어떻게 그 시점에서 생각이 났을까. 마치 신이 마술을 부린 것 같았다.

"꿈! 그래, 나에게 하고 싶은 일이 있었지! 꿈이 있었지! 지금도 늦지 않았어. 해 보자!"

깜깜한 터널에서 벗어난 것만 같았다. 딸이 내 꿈에 불을 지펴 주었다.

"지금부터 시작해 보자! 화이팅!"

강사가 되고 싶어

강사가 되고 싶었다. 많은 청중 앞에서 희망의 메시지를 전하며 강연하는 모습. 함께 울고 웃으며 소통하는 모습을 상상했다. 정덕희 교수님이 나에게 꿈과 희망이 되어 주셨듯이, 나 또한 누군가에게 꿈이 될 수도 있겠구나! 봄에 싹트는 새싹처럼 나의 꿈이 꿈틀대기 시작했다.

무엇부터 해야 할까. 어떻게 하면 강사가 될 수 있을까. 학원은 어찌해야 하나. 생각만 많을 뿐 결정한 것도 없고, 방법도 모른다. 주변에 아는 강사도 없다. 아는 사람들이라곤 학원 원장님들뿐이다. 고민 끝에 일단 발로 뛰어보기로 했다. 주변에 있는 스피치 학원을 뒤지기 시작했다. 그곳이라면 뭔가 방법을 알려 줄 것만 같았다. 필요하다면 스피치 학원에 등록하는 것도 괜찮겠다 싶었다. 학원이나 편의시설이 몰려 있는 인계동으로 갔다. 높은 건물, 세로로 놓인 빨간색 큰 간판에 '스피치 학원'이라는 하얀 글씨가 보였다. 무작정 들어갔다. 원장으로 보이는 여자 선생님이 나를 맞이했다. 교양 있고 품위 있어 보였다. 상담실로 안내하셨다. 하얀 도자기에 꽃무늬가 수 놓인 찻잔에 김이 모락모락 나는 차를 내주셨다. 한 모금 마셨다. 따뜻하고 향이 좋았다. 긴장이 풀리는 듯했다. 마주 앉아 대화를 나누기 시작했다.

"강사가 되고 싶어요. 강사가 되는 방법을 배우고 싶은데 여기서 배울 수 있을까요?"

"어떤 강사요?"

"정덕희 교수님, 김미경 강사님처럼 그런 일을 하는 강사가 되고 싶어요."

"지금 하시는 일이 뭐예요? 나이는요?"

"국·영·수 학원을 운영하고 있습니다. 나이는 47세고요."

"좋은 직업을 두고 왜 배고픈 직업을 선택하려고 하세요? 나이가 많아서 선생님께서 원하는 강사는 될 수가 없습니다. 꼭 강사가 되고 싶다면 웃음치료사를 해 보세요."

"웃음치료사요? 그게 뭔데요?"

"인터넷 검색하면 자세히 알 수 있어요."

더 이상 대화할 수 없다는 말로 들렸다. 인사를 하고 박에 나왔다. 마음이 무거웠다. 웃음치료사. 생소했다. 그런 직업이 있는 줄도 몰랐다. 30분 정도 집을 향해 걸으며 생각했다. 왜 강사가 배고픈 직업일까? 의문이 들었다. 돈을 못 버는 직업인가. 여성들의 꿈과 희망, 멘토이신 김미경 강사님도 50대인데 나이가 많다고 하니 살짝 기분이 나빴다. 김미경 강사님은 20대 때부터 하셨으니, 나이가 많다고 할 수도 있겠구나! 다른 곳에서 상담해볼까 하다가 바로 집으로 왔다.

"47세! 나이가 많다고? 배고픈 직업? 처음부터 배부른가? 두고 봐! 반드시 해낼 테니까!"

강사. 일단 알아보자. '웃음치료사' 인터넷 검색을 시작했다. 진짜 있었다. 웃음을 통해 사람들 마음을 치유하는 효과가 눈에 띄었다. 나부터 치료해야겠다 싶었다. 그러다 검색된 것은 복지관으로 기억된다. 무작정 전화를 했다. 혹시 웃음치료사가 그곳에 근무하느냐고 물어봤다. 일주일에 한 번 웃음 치료하러 오시는 강사님이 있다고 한다. 연락처를 달라고 부탁했다. 그 웃음치료사분께 여러 번 연락을 시도했으나 연결되지 않았다. 엄청 바쁜 직업인가 보다 했다. 긴 장문의 문자 메시지를 보냈다. 웃음치료사가 되고 싶은데 어떻게 하면 되는지 이것저것 묻는 내용이다. 며칠 후에야 기다리고 기다리던 답장이 왔다. 전화번호와 자격 과정 소개가 담긴 글을 보내 주셨다. 적혀 있는 계좌번호로 수강료를 입금했다. 바로 입금하지 않으면 마음이 변할 수도 있기 때문이다. 뭐라도 하다 보면 내가 원하는 강사가 될 수 있겠지. 강사가 되겠다는 신념이 확고했다. 웃음치료사. 무슨 일을 하는지 잘 모르지만, 일단 그곳에 가면 강사가 되는 방법을 알려줄 것 같았다.

2016년 10월, 사)국제웃음치료협회의 웃음치료사 강사 자격 과정이 열리던 날이다. 설렘 반 두려움 반으로 교육장에 들어섰다. 교육장이 좁은 건지, 사람이 많은 건지 빼곡하게 자리한 사람들. 잘 아는 사람들 같았다. 서로 반갑게 인사 나누고 웃으며 이야기도 했다. 낯설었다. 사람들과 쉽게 어울리지 못하던 나는, 맨 뒤 창가 구석진 자리에 앉았다. 이틀에 걸쳐 16시간 수업을 듣고 시험에 합격해야 자격증을 준다고 한다. 처음에 각자 자기소개를 하는 시간이었다. 모두 근사하게 자신을 알렸다. 주눅이 들었다. 난 어떻게 소개했는지 기억도 안 난다. 시간이 바뀔 때마다 강사도 바뀌었다. 웃음치료, 레크리에이션, 펀 리더십. 모두 전문

가다운 모습이었고 대단해 보였다. 하나라도 놓칠세라 필기하기 바빴다. 문제는 종일 손뼉 치며 박장대소해야 하는 게 곤혹스러웠다. 도무지 웃음이 안 나왔다.

"여자는 크게 웃으면 안 된다. 경박해 보인다."

어렸을 때부터 부모님께 이렇게 교육받았다. 부모님 두 분 모두 유교 사상이 철저한 안동이 고향이라 안 되는 게 많았다. 특히 여자는 더 많았다. 혼란스러웠다. 거기 오신 분들은 시키는 대로 잘 웃고, 잘 따라 했다. 미친 사람들만 모아놓은 것 같았다. 웃음에 미쳐야 행복하다고 믿고 외치는 사람들 속에 나만 이상한 것 같았다. 뻘쭘했다. 사이비종교가 아닌가 의심스럽기도 했다. 혹시 사기당한 건가. 불안하기 시작했다. 하루를 꼬박 그곳에서 시간을 다 쓰고 나니 허무했다. 다음 날 갈지 말지 갈등이 시작됐다. 이미 수강료는 다 낸 상태이고, 환불은 안 될 게 뻔하고, 머리가 복잡했다.

다음 날, 돈이 아까워서 무거운 발걸음으로 그곳에 갔다. 그곳에 오신 분들이 먼저 인사를 건네며 말도 걸어주셨다. 전날과 다르게 좀 덜 낯설었다. 강사님과 교수님들의 강의가 이어졌다. 그런데 중간중간 무조건 웃으라고 했다. 미친 사람들 같았다. 웃기지도 않는데 웃었다. 점심시간. 삼삼오오 모여서 식사하러 가는데 난 가지 않았다. 낯선 사람들과 식사하는 게 부담스러웠다. 혼자 차에서 쉬면서 다시는 안 올 거라고 결심했다. 나랑 안 맞는다 생각했다. 웃는 척하며 눈치만 보고 있는 게 즐겁지 않았다. 웃음치료를 배워서 강의해야겠다는 생각도 없었다. 그냥 집에 갈까 망설였다. 갑자기 사라지면 안 될 것 같아서 대충 시간만 보내 보자는 마음으로 다시 들어갔다.

마지막 시간. 협회장님의 순서다. 등장부터 야단법석. 모두 일어나 열광했다. TV에서 보던 사이비종교 교주 같았다. 첫인상과 다르게 그분의 강연은 웃음과 눈물을 주는 감동적인 시간이었다. 웃음의 중요성도 깨달았다. 과정을 다 끝내고 생각했다. 웃음의 효과에 대해 배운 것도 많지만 써먹을 일은 없을 것 같았다. 강사가 되고 싶었는데, 내가 원하는 강사는 그게 아니었다. 힘이 빠졌다. 부푼 꿈을 안고 갔는데, 기대하고 설레었던 것과는 달랐다. 그렇다고 강사가 되고 싶은 꿈을 접을 수는 없었다. 어떻게든 방법을 찾고 싶었다. 강사가 되고 싶고 꿈을 이루고 싶어서. 나는 꼭 강사가 될 거야!

나를 용서하는 시간

"용서는 자기 자신을 위해서 하는 겁니다."

심리 상담학 M 박사님께서 나한테 하신 말씀이다. 지난 2월 10명 정도 강사님들이 zoom으로 모였을 때다. '속풀이'라는 주제로 토론을 했다. 각각 마음에 담아 둔 아픈 사연들을 털어놓으며 울기도 하고 하소연도 했다.

"저는 두 명에게 꼭 사과받고 싶은데, 좋은 방법이 있을까요?"

속풀이. 나의 주제다. 강사가 되어 두 명한테 큰 상처를 받은 일이 있었다. 몇 년이 지나도 용서가 되지 않아 끙끙 앓았다. 진심으로 사과하면 풀릴 것 같다고 사연을 말했다.

"그분들은 아마 상처 준 사실조차도 모를 겁니다. 사과하라고 한들, 사과할 사람이 잘못을 인정 못 하고 사과하지 않으면 더 큰 상처가 되지요. 그냥 용서하세요. 용서는 그 사람들을 위해 하는 게 아니라 자기 자신을 위해 하는 겁니다."

M 박사님의 조언에 마음이 좀 가벼워졌다. 나는 그 상처가 아픈데, 내가 봐도 그 사람들은 못 느끼는 것 같았다. 내가 사과하라고 해도 사과 안 하면 그뿐이다. 불쑥 솟구치는 분노. 왜 자기 잘못을 모를까. 답답했다. 머리에서는 빨리 잊어버리라 하지만 자꾸 생각난다. 좋은 기억, 좋은 에너지만 넣어도 부족할 판에 머릿속에 미운 사람을 넣고 다니면 나만 손해다. 오히려 그 사람들을 미워하고 분노하는 나를 용서하는 게 더 빠르다는 결론을 얻었다. 아직도 용서가 쉽지는 않다. 분통 터질 때도 더러 있다. 그럴수록 내 마음의 문제라 여겼다. 주문을 외운다.

"나 자신을 용서하자!"

웃음 치료를 배우던 중 정보를 얻어 사)국제서비스협회 '최은미 교수의 명강사 과정'에도 등록했었다. 부모교육, 인성교육, CS, 성폭력 예방 교육 등 프로그램이 다양했다. 학원 운영하면서 갈고닦은 노하우와 경험을 보태면 해낼 수 있을 것 같은 자신감이 생겼다. 유익한 시간이었다. 여러 프로그램 중 국제대학교 권혜영 교수님 시간이었다. CS 친절 교육, 이미지메이킹이 주제였다. 단아한 외모와 품격 있는 말투. 내가 부러워하던 말투가 참 인상적이었다. 매력적인 분이셨다. 강의 내용에 집중하기보다는 나는 언제쯤 그 분처럼 그런 자리에서 강의할 수 있을까. 그게 관심이었다. '얼마만큼 배우고 얼마나 시간이 지나야 저분처럼 될까?' 온통 그 생각뿐이었다.

강의 중반 무렵이다. 잔잔하고 편안한 클래식 음악을 틀어 주셨다. 이어서 눈을 감으라고 하셨다. 그리고 양팔을 엑스 자 모양으로 해서 자신을 안아 보라고 하셨다.

"자, 이제 여러분 자신을 안아 보세요. ○○○ 사랑해. ○○○ 고마워. ○○○ 미안해. 살아내느라 애썼다. 여기까지 잘 왔다."

우리는 교수님이 이끄시는 대로 차분하게 자신을 토닥토닥하며 속삭였다. 온전히 자신에게 빠져드는 시간이다. 그 순간, 눈물이 쏟아졌다. 옆에 있는 사람들이 볼까 봐 계속 눈물을 닦았다. 들키지 않으려고 숨소리조차 내지 못했다. 흘러내리는 눈물과 콧물을 들이켜면 누가 알까 봐 흘러내려도 참았다. 숨죽이며 한없이 눈물을 쏟았다. 줄줄 흘러내리는 눈물을 주체할 수가 없었다. 감격스러운 순간이었다. 외롭고 고난이었던 시간을 견뎌내고 살아내면서 나쁜 생각을 많이 했던 나였다. 왜 난 단 한 번도 자신을 안아주지 못했을까. 왜 남들이 나를 안아주기만을 기다리고 바랐을까. 내가 이렇게 나 자신을 안아줘도 되는데. 그런 방법이 있는 줄 몰랐다. 그렇게 쉽고 간단한 줄도 몰랐다. 마음속으로 남편에게 조심스럽게, 조금은 당당하게 말했다.

"나 이제 웃고 싶어! 나도 웃을래! 나도 웃으며 살고 싶어! 나 웃어도 되는 거지?"

남편한테 늘 미안했다. 웃는 것조차도 미안했다. 그래서 웃으면 안 되는 줄 알았다. 누가 볼까 봐, 누가 욕할까 봐. 남의 눈치 보느라 제대로 박장대소 한번 하지 못했다. 행복해서 웃는 게 아니라, 웃어서 행복하다고 한다. 나도 웃고 행복해지고 싶었다. 누가 비웃든 말든. 열심히 살고 잘 버텨온 나에게 보상해 주고 싶었다. 위로해 주고 싶었다. 힘든 삶에도 잘 견뎌내고 이겨낸 자신을 많이 안아주라는 그 교수님의 말씀. 아직도 그날의 감동이 전해지는 듯하다.

집 앞에 주차하고, 차 안에서 한참을 앉아있었다. 종일 교육받고 지쳤을 법도 한데, 정신이 맑았다. 나를 안아 준 시간. 여운이 가시지 않았다. 남편 없는 설움. 사람들이 나를 괴롭힌 게 아니라, 내가 나를 괴롭혔다는 사실을 깨달았다. 나의 삶을, 나의 인생을 탓하며 나 자신을 얼마나 원망했던가. 늘 불만과 불평으로 가득 찼던 마음. 모든 것이 내 안에 있었다. 이별의 아픔. 고통과 고난의 연속. 아침마다 눈 뜨기 싫었던 날들. 죄인 아닌 죄인. 어디론가 숨고 싶었던 마음. 측은했다. 누굴 용서하기 이전에 나 자신부터 용서하고 싶었다. 남편 잡아먹은 년. 아비 잡아먹은 년. 사람들이 그렇게 낙인을 찍어 준 줄만 알았다. 나 스스로 만든 감옥에 갇혀 세상만 탓하고 있었다. 불평과 불만투성이었던 나를 용서하자. 더 이상 내 삶을 원망하지 말자. 살며시 눈을 감고 나를 안아줬다.

"많이 힘들었지? 내가 잘못했어. 미안해! 내가 너를 너무 괴롭혔어. 진심으로 사과할게. 이젠 울지 마! 괜찮아! 이젠 괜찮을 거야! 사랑해! 미안해! 고마워! 내가 너를 용서할게."

아픔과 슬픔과 외로움과 설움, 고통을 한꺼번에 다 안았다. 뜨거운 눈물이 흐른다. 세상이 문제가 아니라, 내 인생이 문제가 아니라, 내 마음의 문제였다. 마음이 평온해지기 시작했다. 나를 용서하고 나를 진심으로 안아주는 일은 그다지 어렵지 않았다. 이제 인생 반도 안 살았다. 앞으로 살아갈 날이 훨씬 많을 텐데 20년도 안 되는 아픔으로 내 인생 통째로 날려버릴 수는 없었다. 마음속 응어리가 녹는 듯했

다. 나의 삶에 작은 등불이 밝혀지는 것 같았다.

집에 들어오자마자 거울을 봤다. 종일 울어서 화장도 지워지고 엉망이다. 입꼬리를 쭉 올리고 웃어보았다. 거울도 따라 웃었다. 어색했지만 괜찮았다. 지난번 배웠던 박장대소까지 도전해 봤다. 1단계 박수친다. 2단계 발을 구른다. 3단계 온몸을 흔든다. 4단계 크게 웃는다. 몽땅 한꺼번에 붙여서 했더니 진짜 웃음이 터졌다. 이렇게 웃는 사람들을 비웃고 미쳤다고 생각했는데, 내가 웃는 모습은 더 웃겼다. 나도 웃을 수 있는 사람이었다. 더 이상 울고 싶지 않았다. 마음껏 웃고 싶었다. 남편한테 미안해서 웃음조차도 허락하지 못했던 나를 용서했던 시간.

"지금까지가 아니라 지금부터야! 오케이!"

나를 아프게 했던 사람들. 사과받고 싶었던 사람들. 그 사람들이 내 상처를 모르고 잘못을 모르듯이 나 또한 누군가를 아프게 했으면서 모르고 있진 않을까. 그 사람들도 나한테 사과받고 싶지는 않을까. 나도 누군가에게 용서받아야 하지는 않을까. 내 삶의 발자취를 더듬어 본다.

꿈은 나에게 사치가 아니었다

흥미로웠다. TV에서 강사들이 강연하는 모습. 어쩌면 오래전부터 꿈을 향한 준비를 하고 있지 않았나. 문득 그런 생각이 든다. 관심 분야였다. 롤모델인 분들이 나오면 그 프로그램은 꼭 챙겨서 봤다. 유튜브를 봐도 그분들 프로만 골라서 봤다. 그분들의 책만 골라서 읽었다. 김미경 강사님, 김창옥 강사님, 김제동 방송인, 배우, 아나운서 출신, 목사님, 스님들까지 분야를 가리지 않았다. 동기부여가 되었다. 그분들처럼 되고 싶었다. 즐겨보는 것과 흥미 있었던 것들이 곧 내 꿈과 연결되어 있었다는 걸 깨달았다. 아! 강사는 저렇게 하는 거구나! 청중을 사로잡는 비결. 어떤 말이 감동과 울림을 주고, 어떤 제스처가 웃기고 집중되는지 눈여겨봤다. 그분들 얼굴에 내 얼굴을 넣고 강사로 성공한 내 모습을 상상했다. 수백 명, 수천 명이 모인 대강

당에서 함께 웃고 울며 강연하는 내 모습. 멋졌다. 토크 콘서트도 하고, 청중과 손잡으며 악수도 하고, 그들에게 꿈과 희망이 되는 모습. 내 저서에 사인도 하고, 덕담 같은 멋진 말도 써서 나눠 주는 모습. 와! 생각만 해도 가슴이 벅차다. 꿈을 이루고 성공한 모습, 상상하면 할수록 더 효과적이다.

SKSK(시키면 시키는 대로 하자) 전략! DID(무조건 들이대자) 전략! 나보다 앞서서 시작한 선배나 강사들이 시키는 대로 따라가기로 했다. 닥치는 대로 해 보기로 했다. 나의 경험들이 강의 소재가 되고, 나의 삶이 누군가에게는 도움이 될 수도 있을 것 같았다. 살아온 경험에서 앞으로 펼쳐질 경험을 더하면 무한한 발전이 따를 것 같았다. 나만의 콘텐츠를 만들자. 나만이 할 수 있는 것. 내가 하고 싶었던 일을 마음껏 할 수 있도록, 무조건 가보기로 결심했다. 어떤 시련이 닥쳐도 예전보다는 낫겠지 용기가 생겼다. 내가 서 있는 바로 그 시점에 출발점을 찍었다. 결심하고 나니 뿌듯했다.

"안 되면 되게 하라!"

늘 학원에서 학생들에게 외치던 말이다. 이젠 학생들이 아닌, 내 차례다. 반드시 되게 하리라!

제일 처음 인연을 맺었던 사)국제웃음치료협회부터가

시작이었다. 사)국제서비스협회 명강사 과정까지 두 군데를 병행하며 배웠다. 두 곳 다 재교육 평생 무료다. 거의 주말마다 가서 교육받았다. 재교육이지만, 갈 때마다 내용이 달랐다. 항상 새롭고 색다른 체험이었다. 유능하다는 교수님들을 초빙해서 들려주는 강의는 분야도 다양했다. 강사의 자질, 인성, 스킬, 마케팅, 홍보 전략 등 꼼꼼하게 필기했다. 집에서 복습하고, 관련 동영상도 수없이 보고 들었다. 대사까지도 받아 적었다. 배우고, 익히고, 외우고, 연습하고, 강사의 자격을 갖추기 위해 온 힘을 다해 시간을 활용했다.

어느새 낯선 사람들과 인사도 나누고, 대화도 하며 섞이기도 했다. 박수도 치고 율동도 따라 했다. 박장대소도 따라 했다. 시키는 대로 무조건 따라갔다. 종일 교육받아도 피로감이 없었다. 처음과 달리 그곳에 가는 날이 기다려졌다. 누가 보든 말든 마음껏 웃을 수 있는 그곳은 최대 힐링 장소였다. 내 안에 그런 웃음보가 숨어있었는지 놀라웠다. 행복했다. 사람들이 말하는 것처럼, 웃으니까 진짜 행복했다. 평일엔 학원 일에 몰두하며 열심히 뛰고, 주말과 휴일엔 교육받으면서 공부했다. 집에서 웃는 연습도 했다. 강사는 우울한 표정이면 안 된다. 입꼬리 올리는 연습부터 했다. 복을 부르는 인상에 입꼬리가 중요하다고 했다. 입꼬리가 올라가야 복을 담는 그릇이 되고, 처져 있으면 복이 새어 나간다고 한다. 그래서 무의식적이든 의식적이든 계속 연습했다. 내게 들어오는 모든 복을 다 주워 담고 싶었다. 큰딸이 떠나고 고요했던 집은 내 웃음소리로 활기를 되찾았다.

"엄마! 왜 그래? 왜 자꾸 그렇게 웃어? 이제 거기 가지 마! 거기 이상한 데 같아!"

작은딸이 걱정할 정도였다. 안 웃던 엄마가 자꾸 크게 웃으니까 이상했던 모양이다. 그러거나 말거나 시도 때도 없이 크게 웃었다. 나름대로 연습이었지만, 나의 진정한 웃음이 나온 거였다. 며칠 지나니까 작은딸이 따라 웃기 시작했다. 어깨를 들썩들썩하는 웃음 스트레칭도 잘 따라 했다. 역시 웃음은 전염된다. 웃는 얼굴을 서로 쳐다보면 더 큰 웃음이 나왔다. 즐겁고 행복했다. 내가 웃으니 딸도 웃었다. 적막했던 집에 웃음꽃이 활짝 피었다. 짜증 섞인 목소리도 온화하게 바뀌고 있었다. 점점 달라지는 모습에 작은딸은 무척 만족해했다. 엄마 최고! 엄지척도 아낌없이 해주는 딸. 큰 힘이 되었다.

내가 먼저 웃어야 남을 웃게 할 수 있다. 내가 먼저 웃을 줄 알아야 하고, 내가 먼저 웃음의 효과를 증명해야 진정성 있는 웃음을 선물할 수 있다. 학원 일 외에는 틈틈이 웃음 공부를 하고, 실습도 했다. 놀라운 변화가 일어났다. 늘 어두웠던 내 표정이 달라졌고, 얼굴에서 윤기가 났다. 학원에서 학생들 가르치면서도 입꼬리 쫙 올리고, 웃음을 잃지 않았다. 웬만해선 학생들 야단도 치지 않았고, 대부분 웃어넘겼다. 웃으니까 긍정적인 사고로 바뀌는 것 같았다. 학생들도 달라졌다. 강제가 아닌 자율적으로 움직이며 그날그날 해야 할 공부를 알아서 했다. 나의 미소와 부드러운 말투 덕분이었다. 가끔 웃음 스트레칭도 가르쳐 줬다. 깔깔거리며 배를 잡고 뒹구는 학생도 있고, 이상한 눈초리로 보는 학생도 있었다.

"자! 여러분! 공부놀이 놀이터에 오신 것을 환영합니다! 오늘도 신나게 놀아 봅시다!"

"선생님! 학원이 놀이터예요? 놀아도 돼요?"

"공부도 놀이란다. 책 읽는 놀이, 글 쓰는 놀이, 문제 푸는 놀이. 놀이라고 생각하면 안 힘들어."

부모 손에 이끌려 억지로 와서 앉아있는 아이들도 웃었다. 집중력도 예전과는 많이 달라졌다. 내가 변하니까 주변 모든 것들도 변하는 것 같았다. 모든 게 즐겁고 세상이 아름다워 보였다.

맨땅에 헤딩. 인맥과 정보도 없이 뛰어들었다. 나 스스로 일궈나가야 했다. 낯선 사람들에게 다가가 말도 걸어야 하고, 조언도 들어야 한다. 선배 강사님이든, 교수님이든 무조건 보고 배워야 한다. 마음은 적극적인데, 행동은 소극적이었다. 선뜻 도와 달라고 말할 용기가 없었다. 낯설고 어색한 경험 속에 살아남는 법을 터득해야만 했다. 강사 세계는 생각보다 치열했다. 서로 강의 하나 따내려고 안간힘을 쓴다. 그에 따른 시기와 질투. 전쟁터가 따로 없다. 제발 강의 한 번만 나가보는 게 소원이었다. 일명, 가방모찌. 선배 강사님들 가방 들어 주며 청강의 기회를 얻어보는 것도 소원이었다.

강사가 된 지 약 2개월 됐을 무렵이다. 사)국제서비스협회 정재윤 교수님이 나를 눈여겨보신 듯했다.

“김 강사님! 강사님은 앞으로 크게 될 겁니다. 강사로 크게 성공할 거니까 두고 보세요. 내 말이 맞을 겁니다.”

남다른 관심을 보이셨다. 항상 응원해 주시고, 다독이시며 힘을 주셨다. 때론 채찍도 아끼지 않으신다. 그분이 청강의 기회를 주셨고 강의 기회도 주셨다. 하늘을 날 것 같았다. 강사계에서 처음으로 나의 든든한 지원자가 생긴 셈이다. 그분의 기대에 부응하기 위해 더 노력했다. 강의 날짜가 정해지면 몇 날 며칠 자료 준비와 연습, 깨알같이 대본을 썼다. 실수할까 봐 외우고 또 외웠다. 연습만이 살길이다. 연습하고 수정하기를 반복했다. 녹음도 해서 들어 봤다. 그리고 스스로 피드백하며 또 수정했다. 땀 흘려 준비한 것을 마음껏 표현할 수 있는 기회를 망치면 큰일이다. 미친 듯이 했다. 죽을 각오로 했다. 깊이 묻어 두었던 꿈이 점점 현실로 다가왔다. 즐겁고 행복하니까 낙원이 따로 없다. 내가 하고 싶은 일, 좋아하는 일. 하면 할수록 더 하고 싶어지는 일.

난 강사로서 자질이 없는 건가?

사진 찍기 싫어한다. 트라우마다. 아주 질려 버렸다. 여중생 때부터 친했던 친구 세 명이 있다. 40대 초반. 네 명이 모임을 만들었다. 한 달에 한두 번 모였다. 만날 때마다 주야장천 사진만 찍는다. 한 시간이면 50분은 사진 찍다 헤어진다고 해도 과언이 아니다. 친구 A는 병적이었다. 오죽하면 내가 정신병원 가보라고 했다. 그 친구가 시키는 포즈를 해야 하고, 옷 색깔, 머리 모양까지 그 친구가 원하는 대로 따라야 했다. 처음에는 신세계였고, 재미있었다. 날이 갈수록 지치고 친구들 만나는 게 즐겁지 않았다. 그냥 맛있는 음식 먹고, 수다 떨면 좋은데 뜻대로 되지 않았다. 세 명의 친구들은 인천 쪽에 서로 가까이 살고, 나는 수원에 산다. 주로 금요일 저녁에 만났다. 수원에서 부천, 인천 쪽을 가려면 금요일 퇴근 시간에 두세 시간 걸린다. 고

생해서 가면 냅다 사진만 찍으니 의미 없다는 생각이 들었다. 더 싫었던 건, 사진 속 내 표정이다. 다른 친구들은 활짝 웃어서 예쁘게 나오는데, 내 표정은 항상 무표정, 화난 표정, 슬픈 표정, 우울한 표정이었다. 그 표정이 싫어서 사진 찍기가 더 싫었다. 지금은 그 시간도 예쁜 추억이라고 생각한다.

강사가 되니까 사진 찍어야 하는 일이 많다. 다른 강사님들은 활짝 웃으며 멋진 포즈로 잘 찍는다. 마치 연예인처럼 자연스럽다. 부러웠다. 웃기 위해 노력하고, 많이 웃어서 달라졌지만 트라우마는 여전하다. 노력은 하고 있지만 아직도 꼭 찍어야 하는 상황 아니면 잘 안 찍는다. 처음 강사가 되었을 때 어려웠던 일 중 하나. 사진찍기였다. 나는 강사로서 자질이 없는 건가?

첫 강의 날이다. 서울의 중앙보훈병원. 어르신 환자 대상, 웃음 치료다. 잠을 설쳤다. 일어났다 앉았다 반복하며 자료를 보고 또 봤다. 잘 해낼 수 있을까. 거울을 보며 "내가 누구야! 김규인이야! 할 수 있어!" 수없이 외쳤다. 의상, 머리 모양, 강의 용품을 몇 번이나 점검하고 90분 남짓을 운전했다. 실수하지 않게 해 달라고 계속 기도했다. 생각보다

어마어마한 규모의 대형 병원이었다. 가자마자 교육 자료가 스크린에 잘 나오는지, 음악과 동영상은 잘 나오는지 점검했다. 마음속으로 잘 할 수 있다고 격려하며 응원했지만, 긴장감은 사라지지 않았다. 드디어 한 분 한 분 들어오신다. 휠체어에 몸을 맡긴 채 들어오시는 분, 간병인이나 봉사자들의 부축을 받고 들어오시는 분, 보호자, 의사 선생님, 간호사 선생님, 대학생 실습생들까지. 50명 정도 되는 듯했다. 처음 보는 나를 의심의 눈초리로 보는 사람도 있는 듯했다. 초보 티가 났나 보다. 몸이 부들부들 떨렸다. 어르신들께 환한 미소로 인사드리며, 손도 잡아드렸다. 엄마, 아버지 생각이 났다. 금방이라도 눈물이 쏟아질 것 같았다. 일부러 더 환하게 웃었다. 그분들 모습은 바로 내 부모님이셨다. 비슷한 연세다. 혼자서는 몸을 가눌 수도 없는 분, 코에 고무호스를 달고 들어오시는 분, 각종 의료 기계에 몸을 맡기신 분. 자꾸만 눈앞이 흐려졌다. 초보 강사의 첫 무대. 그 분들의 마음을 치유하기에는 부족하다는 생각이 저절로 들었다. 간신히 마음을 추스르고 웃는 얼굴로 무대에 섰다. 간단한 스트레칭으로 오프닝을 했다. 잘 따라 해주시니까 긴장감이 좀 덜했다.

웃음 치료 강의를 본격적으로 시작했다. 온 힘으로 열정을 다했다. 온몸이 땀에 흠뻑 젖었다. 어떻게든 웃어보려고, 무엇이든 따라 해보려고 애쓰시는 어르신들 모습에 만감이 교차했다. 하루라도 더 살고 싶은 마음이 엿보였다. 어르신들께서는 큰소리로 웃어 주시고, 박수도 쳐주셨다. 칭찬도 아끼지 않으셨다. 중간중간, 어르신들 모습에서 계속 우리 부모님 모습이 보였다. 울컥울컥했지만 간신히 참아냈다. 어떻게 진행했는지, 어떻게 끝났는지 기억도 안 난다. 첫 강의를 마치고 차 안에 들어오니 참았던 눈물이 왈칵 쏟아졌다. 한 시간쯤 울었다. 해냈다는 성취감도 있었지만, 가슴 아픈 현장이 계속 머릿속을 빙빙 돌았다. 부모님에 대한 그리움은 더 간절했다. 웃음 치료는 건강한 사람에게도 필요하지만, 건강하지 못한 분들께 조금이나마 긍정적 마인드를 심어드리고, 많이 웃을 수 있게 해드려야 효과 만점이다. 그런데 강사가 울어버리면 안 된다는 나만의 고정관념이 있었다.

며칠 후 첫 강의 피드백을 받았다. 열정적인 강사라고 했다. 덕분에 그 병원 고정 프로그램 강사로 채택되었다. 아무리 열심히 한다고 해도, 완전 초보인 강사가 잘하면 얼마나 잘하겠는가. 선배님들 말씀에 의하면, 곧바로 고정 프로그램에 섭외되는 일은 쉽지 않다고 한다. 황금 같은 기회를 놓칠 수는 없었다. 내 영혼까지 바쳐서라도 그분들에게 도움이 되고 싶었다. 열심히 준비했다. 그곳에 가는 날은 마치 우리 부모님 뵈러 가는 것처럼 기뻤다. 매번 색다른 프로그램을 준비해야 했다. 공부는 더 열심히 해야 했고, 어르신들께서 좋아하실 만한 노래도 준비했다. 슬픈 발라드만 들으며 청승을 떨었던 나였다. 하지만 이제는 희망찬 노래, 신나는 멜로디, 트로트를 듣고 배웠다.

문제는 강의장을 들어서면서부터 울컥하는 마음과 강의 중간중간 참을 수 없는 눈물이었다. 매번 오늘은 울지 말자면서도 끝나고 주차장에만 가면 참았던 눈물이 터진다. 한두 시간 울다가 오는 날이 많았다. 난 강사의 자질이 없는 건가. 감정 조절이 잘 안 된다. 혼란스러웠다. 강의 도중 어르신들 중에도 우는 분이 계셨다. 특히 아버님들이 더 많았다. 지난날에 대한 후회였다. 젊은 시절 아내에게 잘하지 못한 죄책감이 크셨다. 이제 잘하고 싶은데 떠나셨다고 한다. 그런 사연들을 털어놓으시며 눈물짓는 어르신들. 공감하고 위로해 드려야 하는데 같이 울어버렸다. 이게 무슨 강사냐고. 자신감이 점점 사라졌다. 내가 꿈꾸던 강사가 되려면 다 이겨내야 하는데 눈물이 문제였다. 고민 끝에 국제서비스협회 최은미 회장님께 상담 요청을 했다.

“교수님! 저는 강사가 될 자격이 없나 봐요. 자질이 부족한가 봐요. 강의 중에 자꾸 눈물이 나와요. 강사는 그러면 안 되는 거죠?”

“괜찮습니다. 울어도 됩니다. 강사는 청중과 함께 울고 웃어야 합니다. 참지 말고 함께 우세요.”

아! 괜찮구나! 착각이었구나! 다시 용기를 얻었다. 강사로서 자질이 없는 게 아니었다. 성장하기 위한 하나의 과정일 뿐. 이후로 우는 분이 계시면 가까이 가서 손잡아 드렸고 안아드렸다. 마음이 전달된 것일까. 어르신들께서는 내가 가는 날을 무척 기다리셨다. 항상 반겨주시고 우리 이쁜이 왔냐고, 보고 싶었다고, 그동안 많이 웃으셨다며 자랑을 늘어놓으셨다. 아껴 두셨던 과자나 사탕을 슬쩍 건네주시는 분도 계셨다. 가슴속 깊이 누군가에게 도움이 되고 있다는 사실이 뿌듯했다. 갈 때마다 안 보이는 분도 계셨다.

“아버지! M 어르신 왜 안 보이셔요? 오늘 안 오셨네요?”

“그 양반 어제 죽었어!”

안타깝고 가슴 아팠다. 친구처럼 가깝게 지내셨던 분이 떠나신 상실감은 말할 것도 없고, 한동안 힘든 시간을 보내신다고 한다. 그분들은 더 긍정적인 생각과 웃음이 필요하다. 나로 인해 행복하고, 나로 인해 웃을 수 있다면, 뭐든 하겠다는 각오는 지금도 변함없다. 매번 땀에 흠뻑 젖어도 행복했다. 부모님이라 생각했다. 아픈 손가락 두고 떠나신 부모님에 대한 그리움을 대신할 수 있었다. 죄스러움을 그렇게라도 조금 풀 수 있었다.

2017년 강의를 마친 어느 날, 손수건으로 땀을 닦아도 계속 흘러내린다. 5월의 병원. 푸른 조경이 아름답다. 정원이 더 넓게 느껴진다. 나무 그늘 밑 벤치에 앉으니 시원하다. 하늘을 올려다본다. 유난히 더 맑게 보인다.

"엄마, 아버지, 저 오늘은 안 울었어요. 잘했죠? 저 잘하고 있죠?"

하늘나라에서 내려다보시며 흐뭇한 미소를 지으시는 것만 같다. 매번 주차장에서 울다가 가던 나는, 하늘을 바라보며 부모님께 내 안부를 전해드리는 일로 대신했다.

숨어 있던 나를 깨우다

뻥 뚫린 고속도로를 시속 100km로 달린다. 앗싸! 강의가 세 건이다. 하얀색 원피스에 진분홍색 재킷을 입었는데 제법 모양이 난다. 연분홍색, 감색 재킷도 챙겼다. 2018년 9월. 새벽 5시에 나와서 대구 두 군데 찍고, 대전 찍는 날. 추억의 팝송이 귀에 쏙쏙 들어온다. 뜻도 모를 영어 가사를 틀리면서도 계속 따라 부른다. 새벽길을 나서면서 집 앞 맥 드라이브에서 카페라테 한 잔 주문. 조수석에 있던 과자봉지를 가져와 무릎에 올려놓고, 하나씩 집어먹고 커피 한 모금. 죽인다! 5cm가량 운전석 창문을 열고 달리니 시원한 바람이 들어온다. 내 마음의 날씨 맑음. 끝내주는 하루! 흥미진진한 하루! 시간을 계산하며 재빨리 이동해야 하는 날. 숨 가쁜 하루겠지만 희열이 느껴진다. 나는 잠룡이었어!

김미경 강사의 『엄마의 자존감 공부』에는 "나는 잠룡이다"라는 내용이 나온다. 스스로 잠룡이라 생각하는 자만이 진짜 용이 될 수 있다고 한다. 자신도 모르는 천재성, 자신을 기쁘게 하는 재능이 잠자고 있을지도 모른다는 내용이다. 내 안에 잠들어 있던 잠룡이 꿈틀대며 잠에서 깨는 모습을 상상한다. 더 단단해지며 성장하기 위해 대구를 향해 달린다. 강의하러 다니는 맛. 꽤 괜찮다.

강사가 되었다고 해서 당장 강의할 기회가 많아지는 것은 아니다. 먼저 시작한 선배님들 조언에 의하면, 재능 기부를 많이 해야 한다고 했다. 내가 사는 지역에 딱히 인맥도 없는데, 어떻게 기회를 잡아야 할지 난감했다. 단톡방에 올라오는 '강사 섭외' 공지. 휴대폰을 손에서 놓을 수 없게 한다. 무조건 기회를 잡아야 한다. 재능 기부도 좋고 강사료가 적어도 좋으니, 어디서든 불러만 준다면 달려갈 마음의 준비를 철저히 했다. 기회를 얻어야 경험을 쌓고, 내가 가고자 하는 길을 갈 수 있다. 재빠른 순발력 덕분에 재능 기부 기회가 주어졌다. 노인문화센터다. 10회 동안 어르신들을 뵙고, 각기 다른 프로그램으로 진행해야 한다. 웃음, 힐링, 건강, 인권, 노인학대 예방, 성폭력 예방 등. 자료를 찾고 밤새워 공부하고, 피나는 연습이 필요했다. 어르신들을 뵙고 신나게 웃고 울다 보면 마음이 정화되고 성취감도 맛볼 수 있었다. 서서히 소개가 들어오기 시작했다. 요양원, 주간보호 센터, 복지관, 학교, 공공기관, 관공서, 기업 등. 1년씩 고정으로 계약하기도 하고, 몇 회씩 맡게 되는 것도 있었다. 땜빵 강의도 했다. 강사가 스케줄을 펑크 내면 대신 가는데, 입장 곤란한 일도 있었다. 기존에 왔던 강사 대신 나보고 계속 오라고 한다. 그럴 때는 딱 거절했다. 누가 가르쳐 준 적은 없었지만 정해졌던 강사 자리를 뺏는 건 예의가 아니라고 생각했다.

법정의무 교육, 인권 교육, 폭력 예방 교육 등 강의 분야를 점점 넓히기 시작했다. 앙코르 요청하는 곳도 많아졌다. 입소문을 타고 섭외 들어오는 일도 늘어나고, 소개나 블로그를 통한 요청도 꽤 늘었다. 강의 횟수가 늘어감에 따라 요령도 터득하고, 기쁨과 행복은 배가 되었다. 강의 경험이 곧 스킬이다. 스케줄을 밀고 당기고 머리를 쥐어짜는 쉍한 경험을 했다. 서류 접수는 기본이고 면접, 시강하는 경우도 있다. 복잡한 절차를 거쳐 다 통과해야만 기회도 주어진다. 뽑혀서 갈 수 있다는 자체만으로도 영광이다. 종일 웃고, 강의하고, 운전하고, 스케줄 짜고, 전화 받고, 강의 준비하고. 1인 5역 정도는 거뜬히 해야 한다. 모든 에너지를 쏟아내는 한두 시간의 강의. 땀은 늘 솔직하다. 집에 들어오면 체력이 바닥난 상태다. 잠깐 쉬었다가 씻어야지 하고 누워 있다가 눈뜨면 새벽이다. 또 안 씻고 잠들었다. 오늘은 꼭 씻고 자야지! 다짐해 보지만, 그냥 잠든 횟수가 늘어만 간다. 통장에 돈 들어오는 문자 소리. 출금 문자보다 입금 문자가 더 많아진다. 월수입 앞자리 숫자가 점점 큰 숫자로 바뀐다. 통장 잔액 늘어나는 재미가 쏠쏠하다.

수도권 사회적 거리두기 4단계. 지난주 내내 강의 취소, 연기 전화를 받았다. 속도 좀 내는가 싶더니 또 멈춤. 언니한테 바람 쐬러 가자고 졸랐다. 지난 주말 형부는 언니의 껌딱지니까 셋이 강원도 정선으로 향했다. 아픈 아내를 위해 10만 평 규모의 정원으로 만들었다는 '로미지안 가든'이 궁금했다. 종일 비는 오락가락했다. 주차장에서 정상까지 한 시간 정도 걸었다. 빗방울이 굵어지더니 폭우가 쏟아져 온몸이 다 젖었다. 우산을 써도 소용없었다. 정상에서 내려다보이는 산은 안개와 구름이 잔뜩 끼어 있었다. 중간쯤 올랐을 때 '개구리 동산'이 있었다. 아! 그래서 개구리가 많았구나! 올라가면서 개구리 100마리 넘게 본 것 같다. 옛날 군

복 색깔의 몸에 배는 주황색. 청개구리인가 했더니 비단개구리라고 한다. 3~5cm 길이. 어릴 적 개구리 구워 먹었던 이야기를 나눴다. 모두 경험자다. 오빠들이 개구리를 잡아와서 연탄불 뚜껑에 구워 줘서 먹었던 일. 안동 본가에 놀러 가서 사촌들이랑 개구리 구워 먹다가 불낼 뻔했던 일. 추억이 새록새록 되살아났다. 그때는 징그러운 줄도 모르고 먹었는데, 지금은 만지지도 못하고 먹지도 못한다. 먹을 생각도 없다.

그곳에서 만난 개구리를 보면서, 이상한 점을 하나 발견했다. 1차선 도로, 양 끝에 한 뼘 정도 되는 턱이 있다. 턱 너머에는 울창한 숲이 있다. 100마리 넘게 봤던 개구리들은 같은 행동을 했다. 오른쪽에 있는 턱만 넘으려고 안간힘을 썼다. 폴짝 뛰었다가 떨어지고 또 떨어지고. 아슬아슬했다. 죽을힘을 다하는 것 같았다.

"조금만 더! 조금만 더! 에잇, 또 떨어졌네. 도대체 왜 거길 넘어가려고 하는 거야!"

응원하며 안타까워했다. 조금만 더 뛰면 되는데, 성공하는 개구리는 못 봤다. 반대편 턱을 넘어가도 되는데, 굳이 오른쪽 턱만 넘으려고 하는 개구리들. 이해가 안 갔다. 아마도 오른쪽 턱 너머에서 모임이 있나 보다. 언니랑 이렇게 결론지었다. 지켜보던 형부가 우산으로 몇 마리 턱을 넘겨 줬다.

개구리들은 언제 성공해서 그 턱을 넘을 건지, 넘기는 했는지 아직도 궁금하다. 자꾸만 아른거린다. 오늘 나 혼자 결론을 내렸다. 개구리도 목표가 있구나. 어쩌면 더 높이 뛸 수 있는 자신을 발견하기 위해 턱을 넘으려고 하지 않았을까? 턱 너머에 멋진 세상이 있을 거라고 생각하지 않았을까? 개구리도 숨어 있던 재능을 발견하고 싶었나 보다.

마음으로 낳은 자식들과의 이별

아파트 상가 1층 슈퍼에서 쓰레기봉투를 사서 나왔다. 건너편 미용실 옆, 수학학원 간판이 눈에 들어온다. 새로 생겼나 보다. 빨간색 바탕에 하얀 글씨. 내가 운영했던 간판 색깔이다. 우리 학원생들 많이 컸겠다. 잘 지내고 있겠지. 학원 선생님 경력 17년. 함께했던 학생들이 하나하나 떠올랐다.

2017년 7월, 학원에서의 마지막 날이었다. 새로 오실 원장 선생님께 아이들 정보를 알려주며 인수인계를 했다.

"원장님! A는 땡땡이 잘 치니까 수시로 전화해야 해요. B는 소리 지르면 울어요. 살살 달래가며 시키세요. C는 산만해요. 원장님 옆에 앉히세요. D는 엄마가 안 계세요. 잘 챙겨 주셔야 해요. E는 머리는 좋은데 공부를 안 해요. F는 학생들을 괴롭히고, 싸움을 잘해요."

아이들 잘 부탁한다는 당부를 하고, 소지품이 담긴 박스를 챙겨서 나왔다. 차에 싣고 나서 간판을 올려다봤다. 빨간 바탕에 하얀 글씨가 선명하다. '해법수학, 풀초롱 국어, 영어' 학생들과 울고 웃었던 시간이 스쳐 지나갔다. 수고했다 김규인! 눈시울이 붉어진다. 간판이 점점 흐릿하게 보였다.

두 마리 토끼를 다 잡을 수는 없는가 보다. 강사가 되고 8개월 만에 운영하던 학원을 정리했다. 강사 일에 한창 재미가 붙었을 무렵이다. 더 적극적인 활동을 위한 선택이었다. 학원 운영에 수업까지 병행하면서 강사의 길을 가기엔 버거웠다. 선생님들한테 학원을 맡기고, 자리 비우는 일이 많아지자 갈등은 더 심해졌다. 초보 강사로 수입 늘리기는 어렵고, 학원 운영을 해야만 그나마 수입이 보장된다. 학원을 접으면 수입을 늘려야 하니, 강사 일에 더 올인하겠지 싶었다. 정든 학생들과 학부모님들 생각하면 책임감이 없는 것 같아서 괴로웠다. 하지만 어차피 내가 가야 할 길은 정해졌고, 한 곳에만 집중하자 과감하게 내린 결정이었다.

2002년 9월. 언니로부터 독립했다. 마녀로 변신한 우리 언니. 2년 동안 혹독하게 훈련을 시켰다. 친자매 아닌 줄 알았다. 처음으로 시작한 것이 '국어독서논술교실' 교습소였다. 세곡초등학교 정문 앞 상가 1층 13평으로 규모는 작았지만 계속 상승세를 타며 주변의 부러움을 샀다. 들어오고자 하는 학생들을 다 받지 못할 정도로 성장했던 곳이다. 주변의 시샘이 많아서 걸핏하면 학파라치들이 꼬투리를 잡아 경찰서에 신고했다. 크게 법을 어긴 적 없어서 처벌받은 적은 없다.

2년쯤 지났을 무렵, 한창 잘 될 때다. 학교 부근 아파트가 재개발에 들어갔다. 주변 학원들과 교습소는 문을 닫거나 떠났으나, 나는 자리를 지킬 수 있었다. 전학을 가거나 이사 간 학생들이 수업을 끊지 않았다. 학생들의 부모 역할, 돌봄 교사 역할까지 맡아서 한 것도 한몫했을 것이다. 맞벌이 부부나 한 부모 가정 아이들을 위해 내가 해줄 수 있는 봉사였다. 수강료 외에 어떤 대가도 바라지 않았다. 학부모님들께서 피땀 흘려 번 돈, 절대 아깝지 않게 하리라는 신념뿐이었다. 학원비가 비싸다, 아깝다는 생각 들지 않도록 노력했다. 학생들이 학교 끝나면 학원 두세 군데는 필수다. 학생들의 학원 스케줄도 담당하고, 시간마다 다른 학원도 보내고, 간식도 챙겨 주며 살뜰히 보살폈다. 학생들의 안전도 책임져야 했다. 유치부, 초등학교 저학년 학생들은 손을 꼭 붙잡고 길을 건네주거나, 집 앞까지 데려다주는 일도 마다하지 않았다. 위험한 골목을 들어가야 하는 아이, 멀리서 오는 아이도 마찬가지다. 수업 중에 토하는 아이, 대변, 소변을 보는 아이들도 종종 있다. 말끔히 씻기고 우리 아이들 옷을 가져와 갈아입혀서 보내는 일도 적지 않았다. 부모님께서 퇴근해서 오실 때까지 숙제도 봐주고, 보살펴야 하는 아이들까지 각양각색이었다.

내가 하는 수업은 국어 기초부터다. 초등학교는 일기 쓰기, 글짓기, 독후감은 전교생의 숙제다. 중학생은 논술이 중요했다. 초등학교 고학년인데도 한글을 정확히 알지 못하고, 중학생인데 맞춤법 엉망인 학생들도 많았다. 놀라울 정도다. 학년에 상관없이 한글부터 가르쳐야 하는 학생들이 부지기수다. 처음부터 한글을 전문으로 가르친 것은 아니다. 글짓기, 독서, 논술, 독서록 쓰기, 독서토론, 발표하는 법을 가르쳤다. 한글 잘 가르친다는 소문이 자자해지자 5살, 6살 된 유치부 아이들까지 줄을 설 지경이었다. 입소문, 무시 못 한다. 그렇다고 등록하려는 학생들을 무조건 다 받지는 않았다. 나의 학원 운영 전략(?)이랄까. 일부러 그런 건 아니지만 집중할 수 있을 만큼의 인원만 받았다. 그래서 몇 달씩 기다렸다가 들어오는 학생들도 꽤 있었다. '잡은 물고기 밥 주자!' 원훈이랄까. 더 많은 신입생을 받으려 노력하기보다는 현재 가르치는 학생들한테 집중했다.

지금은 그 아이들이 성인이 되어 군대도 다녀오고, 내가 발견해 준 재능을 키워 꿈을 이룬 학생들도 있다. 초등학생, 중학생 전문이다 보니 사춘기를 겪는 아이들 때문에 속 끓인 적도 많다. 어떤 아이는 나한테 쌍욕도 서슴지 않고 했다. 타일러도 보고, 혼내보기도 하고, 상담을 통해 지혜롭게 잘 대처해서 큰 문제는 없었다. 많이 혼났던 아이들은 아직도 명절이나 스승의 날, 기념일을 잊지 않고 챙겨 준다. 찾아오거나 메시지를 보내오면 뿌듯하고 나의 땀이 헛되지 않았음을 만끽한다.

교습소 4년 후, 큰 평수로 옮겼다. 이번에는 국어, 영어, 수학 전문학원이다. 학부모님들은 아이들이 학원 몇 군데를 오고 가며 위험한 일에 빠질까 봐 늘 걱정을 하신다. 그래서 예체능 빼고는 한곳에서 모든 과목이 이루어지는 것을 선호하는 편이다. 글로벌 동네(?)였다. 다문화가정, 외국인들도 많이 사는 지역이다. 학원은 오픈한다고 바로 학생들이 줄지어 들어오지는 않는다. 1년 정도는 자리 잡기 위해, 온 열정을 쏟아야 한다. 학교 입학식이나 학부모 참관수업 때, 학원마다 학교 앞에서 홍보한다. 사실상 큰 효과는 없다. 대부분 입소문으로 들어오기 때문이다.

초등학교 2학년인 중국 아이 두 명이 들어온 적이 있었다. 우리말과 한글을 가르쳤다. 그게 대박이 났다. 지금 생각해도 어떻게 해냈는지 놀랍다. 말도 안 통하는 아이들과의 소통은 정말 어려웠다. 손짓 발짓 다 해가며 가르쳤다. 4개월 만에 스펀지 빨아들이듯 한글을 터득했다. 학교에서 받아쓰기 점수도 잘 받아오고, 일기도 썼다. 한글을 읽으며 문제도 풀어나갔다. 내가 천재인지, 그 아이들이 천재인지 뿌듯했다. 소문이 났다. 인도네시아, 몽골, 베트남, 중국 등 국적이 다른 외국인 아이들, 다문화가정 아이들이 줄줄이 들어왔다. 언어가 달라 소통이 어려웠다. 자국어로 자기들끼리 말하는 아이들도 있었다. 내가 알아들을 수 없는 말들. 내 욕을 하냐고 물어보면 대답하지 않았다. 닥치면 다 한다! 나의 신념과 의지는 국적도 상관없었다. 발달장애인, 틱장애, 정서불안 학생들도 꽤 있었다. 하루에 한 개만 배우더라도 조금씩 나아지길 바라는 게 학부모님들의 바람이었다.

학원을 접고 강사로 활동하면서 장애인 인권 교육과 장애인 학대 예방 교육을 하고 있다. 한국장애인고용공단 자격 강사로, 직장 내 장애인 인식개선 교육 전문 강사로도 활동한다. 학원을 하던 때는 장애인에 대한 이해와 지식이 별로 없었다. 아무리 잘 가르치고 지도한다고 해도 지금보다는 약했을 것이다. 지금처럼 장애인을 더 많이 이해했다면 더 잘 가르쳤을 텐데. 아쉬움도 있고 그때 학생들에게 더 잘해 주지 못해서 미안하다.

학생들도 제각기 꿈이 있듯이 나도 꿈이 있었다. 아쉬움과 미안함을 간직한 채 접어야만 했던 학원. 내 꿈을 향한 새로운 시작이었다. 내가 꿈을 이루고 성공한 모습을 보여준다면, 그것이 보답이지 않을까. 내 손을 거쳐 간 수많은 학생들. 마음으로 낳은 자식이나 다름없다. 진심으로 사랑한다. 더 큰 세상을 향해 날개를 펴고 함께 날아보는 거야! 응원한다.

난 너희들의 영원한 선생님이란다

"선생님, 아빠가 돌아가셨어요."

얼마 전, 제자에게서 이런 문자가 왔다. 자정이 넘은 시각이었다. 장난기가 많은 녀석이라 장난인 줄 알았다. 문자를 주고받다 보니 심상치 않았다. 바로 전화를 걸었다. 내가 학원을 접고 떠난 다음 해에 아빠가 위암 판정을 받고 3개월 만에 돌아가셨다고 한다. 믿어지지 않았다. 아빠랑 둘이 사는 아이였는데, 당시 그 아이 아빠는 38세로 기억된다. 젊고 늠름하며 인성도 좋은 분이셨다. 어쩌다가 그렇게 되었는지 안타까웠다. 그 아이의 아픔은 곧 내 딸들의 아픔과 같았다. 중학교 2학년, 사춘기로 접어들어 방황이 시작된 아이는 학교폭력에 가담했다고 말하며 도움을 요청했다. 경찰 조사를 받는 중이라고 한다. 나에게 경찰서에 같이 가달라고 했다. 마음은 그러고 싶었다. 하지만 그 아이의 법적 보호자가 아니라서 자격이 안 된다고 했다. 그 아이는 어른이 가면 되는 줄 알았던 모양이다. 떨어져 사는 엄마한테 사실대로 말하라고 권했다. 그럼 새아빠한테 맞아 죽는다고 한다. 가슴이 아팠다. 보호받지 못하는 상태에서 그런 두려움까지 있다니. 같이 사는 할머니한테 사실대로 말하라고 했다. 어차피 아실 일이니까 솔직하게 말하고 용서를 구하라고 했다. 오랜 설득 끝에 그러기로 하고 전화를 끊었다. 며칠 후, 할머니가 가셔서 잘 해결됐다고 한다. 안도의 숨을 쉴 수 있었다.

말썽이 많았던 아이였다. 말도 잘 안 듣고 반항도 심했다. 다른 학생들에 비해 학원에 머무는 시간이 길었다. 아빠는 늘 새벽에 나가셨다 밤늦게 들어오시기 때문에 내가 대신 보살피기도 했다. 아빠가 밥 사 먹으라고 준 돈은 군것질만 하고, 밥을 안 챙겨 먹어서 같이 밥 먹었던 일도 종종 있다. 학원에서는 공부를 하지 않고 다른 학생들 공부를 못하게 방해만 하는 그런 아이였다. 그 아이가 초등학교 2학년 때다. 추운 겨울이었다. 평소와는 다르게 너무 얌전하게 앉아 있고 얼굴이 창백했다. 오들오들 떨었다. 이마에 손을 대봤더니 불덩이였다. 선생님들은 퇴근한 상태였고, 수업 마무리 단계라 학생들도 몇 명 되지 않았다. 학생들을 급히 귀가시키고, 학부모님들께 수업 중단 사유 문자를 보냈다. 그리고 그 아이를 업고 병원으로 뛰었다. 그 아이 아빠가 퇴근해서 집에 오면 병원에 못 갈 것 같았다. 다행히 근처에 늦게까지 진료하는 병원이 있었다. 의사 선생님께서 독감이라고 하셨다. 그 아이가 그렇게 얌전한 건 처음 봤다. 진료 마치고, 약도 타고, 근처 식당에서 밥도 먹였다. 종종 같이 밥 먹었기 때문에 그 아이 식습관을 잘 안다. 음식이 안 넘어가는지 잘 못 먹었다. 아빠한테 문자를 보내고, 오실 때까지 데리고 있다가 보낸 적이 있다. 그 아이는 아직도 잊지 못한다며, 감사하다고 했다. 나에겐 당연했던 일이, 그 아이에게는 잊지 못할 추억이 된 모양이다.

지금 군 복무 중인 또 다른 아이가 고등학교 2학년 때였다. 밤늦게 전화해서 다짜고짜 펑펑 운다. 무슨 일이냐고 해도 말을 잇지 못했다. 큰일 난 줄 알았다. 덩치나 작아야지 원.

"선생님! 엄마 아빠 이혼하신대요!"

계속 울다가 겨우 한마디 내뱉은 말이다. 충격이 커 보였다. 엄마만 따로 살고 두 형제는 아빠랑 살기로 했다고 한다. 부모님의 이혼 사유나 아픔보다 그 학생의 아픔과 슬픔이 더 가슴 아팠다. 내가 해 줄 수 있는 이야기는, 친구끼리도 의견이 맞지 않아 충돌이 생기듯이 부모님 또한 그러실 거라고 이해해 드리자고 했다. 몇 년 지난 지금, 엄마도 자유롭게 만나고, 아빠가 잘해 주시고 배울 점이 많아서 좋다고 한다. SNS 댓글도 잘 남긴다. "선생님! 존경합니다!" 빠짐없이 등장하는 문구다. 입가에 미소가 저절로 나오고, 힘이 솟는다.

학교폭력으로 감옥에 갈지도 모른다며 겁나서 전화하는 아이. 학교에서 따돌림을 당한다며 죽고 싶다고 우는 아이. 이런 연락을 받으면 심장이 쪼그라드는 것 같다. 여러 가지 사연으로 힘들어하고 고민하다가 상담을 요청하는 아이들. 그 아이들의 심정을 헤아리며 공감해 주고, 이야기도 들어주고, 도움이 될 만한 조언을 해주기도 한다. 사랑하는 아이들, 마음속으로 낳은 내 새끼들이다. 그 아이들의 아픈 마음을 내가 어루만져줄 수 있다는 것만으로도 감사하다. 가정폭력과 아동학대, 학교폭력으로 고통을 당하는 아이들. 학원을 하면서 직접 보고, 듣고, 목격한 적도 있다. 아직도 그런 이유로 상담 요청하는 아이들이 있다. 대부분 스스로 해결할 수 없는 일들이지만, 마음속 이야기를 나한테 털어놓을 수 있어서 다행이다. 그런 아이들을 주변에서 볼 수 있었기 때문에, 내가 하는 강의 분야인 가정폭력, 아동학대, 학교폭력 예방에 더 열을 올리는지도 모른다.

여러 가지 좋지 못한 상황을 겪을 때, 나를 찾으라고 말한 적은 없었다. 마음의 거리가 그만큼 가깝다는 자체가 감사하다. 그 아이들이 잘 이겨내고, 바르고 반듯하게 자라길 간절히 바랄 뿐이다. 비록 내가 학원은 떠났지만, 아이들의 아픔까지도 끌어안아야만 진정한 선생님이라고 생각한다. 초등학교 때 착하고 얌전하고 모범생이었던 아이들이, 중학교 가서 삐뚤어지기도 한다. 화장을 짙게 하고 나타나는 여학생들을 보면 당황스럽다. 내가 아는 학생이 아닌 것 같다. 사춘기라서 그런다고 오히려 큰소리치는 아이들도 있다. "야! 이놈아! 사춘기가 무슨 벼슬인 줄 아냐?" 이렇게 호통치면서도 슬기롭게 잘 극복하도록 격려해 준다.

학원에서 수업을 하다가 잠깐 화장실에 다녀왔더니, 초등학교 6학년 남학생 둘이 싸움이 붙었다. 의자가 날아가고 서로 멱살을 잡고 욕을 해대고 난리다. 나보다 덩치가 더 큰 녀석들을 힘으로 말리기에는 부족했다. 하지만 소리 한 번 지르면 꼼짝 못 한다. "야! 이 녀석들아! 뭐 하는 짓이야!

싸우려면 더 크게 싸워야지!"

계속 싸우라고 했더니 잠잠해졌다. 멍석 깔아주면 못 한다. 이유를 들어보니 A가 B에게 "엄마 없이 자란 새끼야!"라고 했단다. 요즘 애들 말로 패드립이라고 했던가. 아이들이 가장 듣기 싫어하는 말이라고 한다. A는 무심코 던진 말이었다. B는 큰 상처를 받았다. 학교에서 꽤 힘이 있는 아이였다. 싸움에서 지지 않는 아이다. 싸움이 끝나고도 B는 서럽게 펑펑 울었다. 깜짝 놀랐다. 왜냐하면 그 아이는 부모님이 이혼했다. A는 그 사실을 모르고 그냥 홧김에 던진 말이었다. 울고 있는 아이를 안아줬다. 내 품에 안겨 더 크게 울었다. 어찌나 서럽게 울던지, 나도 눈물이 났다. 괜찮다고 토닥토닥해줬다. 그 아이의 가장 아픈 부분을 건든 셈이다. 다음 날, 언제 그랬냐는 듯 같이 웃고 장난쳤다. 죽일 듯이 싸우더니, 다행이라는 생각에 웃음이 나왔다. 학원 운영을 하면서 한부모가정 아이들에게 더 신경을 썼다. 그 아이들이 힘들고 아프면 나도 아팠다. 같은 아픔을 공감할 수 있었기 때문이다. 언제든 내 어깨와 가슴을 내어 주고 싶다. 성장 과정에서 겪게 되는 힘든 일이 있을 때, 지금처럼 찾아 주면 좋겠다. 난 영원한 선생님이니까.

5년 전, 8명의 학생과 만난 적이 있다. 밥 사달라고 해서 갈빗집에 갔다. 1인분에 13,000원. 8인분 예상했던 음식값이 30만 원 넘게 나왔다. 이후로 두 명 이상 안 만난다. 입대한다는 아이들, 휴가 나왔다는 아이들, 유학 간다는 아이들이 찾아온다. 키가 나보다 훨씬 크다. 올려다봐야 한다. 같이 다니면 아들, 딸로 봐주는 사람도 있다. 밥값, 술값이 예상 못 할 만큼 많이 나와서 놀랄 때도 있지만 아깝지 않다. 내 앞에서 술도 스스럼없이 마시는 녀석들 보면서 한마디 한다. "자식들! 많이 컸다!"

꿈이 뭐예요?

국제대학교 권혜영 교수님의 저서 『나는 꿈이 있어 멈추지 않는다』의 내용 중 '미래 명함 만들기, 미래 이력서 쓰기' 대목이 나온다. 교수님께서 학생들에게 내준 과제였다고 한다. 과제를 충실히 해낸 제자 중에 미래의 명함, 미래의 이력서에 쓴 그대로 사는 제자가 많다고 한다. 미래의 꿈을 상상하면서 그 목표에 도달하기 위해 노력한 결과일 것이다.

내 꿈을 이루고 성공한 모습을 상상해 봤던 적은 많다. 하지만 직접 써본 적은 없었다. 그 부분을 읽으면서 노트에 써보았다. 현재 강의 의뢰 시 보내야 하는 이력서. 공적으로 만나야 하는 사람들에게 건네는 명함. 거기에 몇 가지 덧붙이니 가슴이 두근거렸다. 1년 후, 5년 후, 10년 후 달라질 것들. 마음이 바빠졌다. 꿈만 꿔서 되는 일이 아니고, 실행이 먼저이기 때문이다. 미래 명함, 미래 이력서에 쓴 것처럼 되려면 지금부터 내가 무엇을 해야 하는지 구체적인 계획이 필요했다. 강사가 꿈이었는데 강사가 되었다. 강사가 됐다고 해서 꿈을 다 이룬 것은 아니다. 첫 번째 목표 달성에 불과하다. 사람들에게 필요한 강사, 도움 되는 강사가 되기 위해서는 끊임없는 도전과 노력이 필요하다.

요양병원에서 어르신들 대상으로 '꿈'에 관한 강의를 한 적이 있다. 꿈과 희망이 있으면 완쾌할 수 있다는 믿음을 주고 싶었다. 참석 인원 30명 정도, 남자 어르신이 더 많았다. 대부분 휠체어를 타거나, 간병인 도움으로 오셨다. 80대로 보이는 남자 어르신 다섯 분이 맨 앞에 앉으셨다.

"어르신, 꿈이 뭐예요?"

"나? 내 꿈은, 장가가고 싶어."

장난으로 하시는 말씀인 줄 알았다. 뒤에 계신 여자 어르신들 비웃음 소리가 들렸다. "미쳤어! 주책이야!" 크게 웃는 분도 계셨다. 이어서 옆에 계신 어르신께도 같은 질문을 했다. 세 분도 같은 말씀을 하셨다. 장가가고 싶다고. 뒤에서는 계속 웅성거리며 비웃었다. 마지막 한 분은 이렇게 말씀하셨다.

"내 꿈은 같은 병동에 좋아하는 할머니가 있는데 고백하고 싶어."

강의장은 웃음소리로 가득 찼다. 같은 말을 들어도 받아들이는 사람에 따라 다르다. 웃는 사람이 많았지만, 난 웃지 않았다. 오히려 진지했다. 진한 감동과 울림이 느껴졌다. 연세가 많아도, 생명이 위태로워도, 동행하고픈 동반자를 찾고 사랑을 꿈꾼다는 사실에 놀랍기도 했고 짠하기도 했다. 어르신들은 꿈이 이루어지셨을까?

교습소와 학원 운영할 때 학생들에게 꿈이 뭐냐는 질문은 꼭 했다. 꿈이 뭔지 똑 부러지게 말하는 아이도 있지만, 그렇지 않은 아이들도 있다. 자신의 특기가 뭔지, 재능이 뭔지, 꿈이 뭔지 잘 모른다. 수업하다 보면 아이의 재능이 보일 때가 있다. 초등학교 4학년 H한테 질문했을 때다.

"넌 꿈이 뭐니?"

"판사요."

아이는 엄마가 원하는 꿈이라고 했다.

"그건 엄마 꿈이지. 선생님이 보기엔 넌 커서 아나운서가 되면 참 좋겠다."

발음이 정확하고, 글도 잘 쓰고, 말도 조리 있게 잘하고,

예뻤다. 아나운서랑 잘 어울릴 것 같았다. 나의 한마디가 그 아이에게는 꿈이 되었던 모양이다. 지금 아나운서가 되기 위해 준비하고 있다.

"넌 작가가 되면 좋겠다."

어휘력이나 문장력이 남달랐던 Y 학생. 무심코 건넸던 말이, 그 아이에게도 꿈이 되었다. 지금 시와 소설을 쓰는 작가가 되었다. 제2의 박지성을 꿈꾸는 L 학생. 동탄 '박지성 축구 클럽'에서 유소년 축구단으로 활동했다. 중학생이 되자 서울의 한 중학교에서 스카우트했다. 가끔 안부를 물어보면 축구 하다가 다쳐서 병원이나 집에 있다고 한다. 조심하지. 몇 년 후에는 국가대표가 되어 있지 않을까 기대해 본다. 초등학교 때 공부를 잘했던 J 학생. 중학교 들어가서 아예 공부에서 손을 떼는가 싶었다. 아까운 인재라고 생각했다. 아무리 타일러도 도무지 말을 안 들었다. 하지만 꿈이 확고했다.

"J야! 너 10년 공부하고 80년 행복하게 살래, 아니면 10년 공부 안 하고 80년 힘들게 살래?

"선생님! 저는 요리사가 될 거예요. 대학교도 안 갈 건데 왜 공부를 해요? 저는 요리사가 되어서 사람들에게 최고의 요리를 선물하고 싶어요. 맛있는 음식 먹으며 사람들이 행복해하는 모습 보고 싶어요."

공부하는 이유가 대학을 가기 위한 수단일 뿐이라며 고집부렸던 녀석. 군 복무 마치고 요리사 준비 중이다.

지금쯤 대학생이 되었을 K 학생. 초등학교 2학년 때 쓴 일기가 생각난다.

"엄마랑 아빠랑 싸웠다. 엄마가 울었다. 나는 텔레비전 보는 척했다. 갑자기 아빠가 아파트 베란다에 나가서 뛰어내린다고 했다. 그런데 안 뛰어내렸다. 아빠는 거짓말쟁이다. 아빠가 슈퍼맨처럼 뛰어내릴 줄 알았는데 실망했다."

대략 내용이 이랬다. 어른이 봤을 때는 엄마 아빠 부부싸움이 무척 심각한 걸 알겠는데 아이의 관점에서 봤을 때는 그냥 웃기는 부부싸움일 뿐인 듯했다. 꿈이 개그맨이다. 옆에 있으면 많이 웃게 되고 즐거웠다. 꼭 개그맨이 되라고, 될 수 있다고 열렬히 응원해 줬다. 언제쯤 TV에서 볼 수 있으려나.

우리 학원 아이들이 글짓기 대회나 독후감 대회, 논술대회에서 상을 싹 쓸어올 때면 그보다 기쁠 수가 없다. 내 책꽂이 맨 꼭대기에 자랑스럽게 꽂힌 제자들의 작품이 담긴 책들. 언제 봐도 뿌듯하다. 모두의 꿈이 이루어지리라 믿으며 응원한다. 꿈을 이루고, 꿈을 이뤄가는 과정에서 지금처럼 선생님 덕분이라며, 고맙다고 인사 오는 학생들이 많았으면 좋겠다.

내가 선택한 길, 나의 꿈. 강사가 되었다. 꾸준히 성장하고 있다. 그리고 그다음의 꿈을 꾸고 있고, 배움과 열정으로 하루하루를 채우고 있다. 내가 바라던 꿈이 곧 현실이 된다는 확신으로 행복한 웃음을 지을 수 있는 날을 기대해 본다.

오늘도 언니는 지난주 1등 나온 로또 점포를 찾아 나선다. 꿈이 '로또 1등'이다. 로또가 처음 나왔을 때부터 한 주도 빠지지 않고 로또를 산다. 아직 1등, 2등, 3등을 한 적은 없다. 4등, 5등은 가끔 되는 것 같다.

"언니는 왜 당첨되지도 않는데, 쓸데없이 돈을 써?"

"난 로또를 사면 일주일이 너무 행복해! 1등이 되면 뭘 할지 상상하면 얼마나 기분 좋은데!"

만 원의 행복. 언니는 로또 두 장을 사서 일주일 동안 꿈을 꾼다. 1등 당첨되면 나한테 10억 준다고 맨날 큰소리친다. 언니의 꿈이 이루어지길 간절히 기도해야겠다. 내 꿈은 돈 많은 백수!

5장

내 멋진 삶 보여줄게요

나를 믿어주고 응원해 주는 사람들

우리은행 '원터치 알림'이 울린다. 500만 원 입금. 예금주는 친정 언니다. 뭐지! 이어서 카톡이 왔다.

"대학원 합격 축하해! 내 동생 자랑스럽다! 첫 등록금이니 이번에는 언니가 내줄게. 공부 열심히 해서 꼭 성공해야 해!"

9월에 입학할 대학원 합격 통지서를 6월 24일에 받았다. 캡처해서 언니한테 보냈다. 등록금 내라고 보내준 돈이다. 눈이 뜨거워졌다. 가슴이 뭉클했다. 고맙고 미안하고 여러 감정이 겹쳐서 어찌할 바를 몰랐다. 대학원 공부를 게을리 하면 안 되겠구나! 24시간이 부족할 만큼 일만 하는 언니. 피와 땀으로 만들어 낸 돈이라는 걸 누구보다 잘 안다. 그 돈이 아까워서라도 나는 학업에 열중해야 할 분명한 이유가 생겼다. 언니의 마음을 알기에 거절할 수 없었다. 코로나로 수입이 확 줄어든 탓에 대학원 합격이 부담스러웠다.

하지만 또 미루다 보면 더 늦어질 것 같아서 결심했다. 국어국문학 공부를 하다가 중단하고, 교육학을 전공했다. 대학원에서 국어국문학을 다시 공부할까 했는데 상담심리학을 선택했다. 상담심리학은 절대로 하지 않을 거라 다짐했었다. 내 삶도 버거운데, 다른 이의 삶까지 들여다보고 싶지 않았다. 그들의 삶을 상담해줄 만한 그릇도 안 된다고 생각했다. 같이 우울해지는 게 싫었다. 그런데 강사가 되고 나서 생각이 바뀌었다. 내가 가진 아픔이 가장 큰 줄 알았다. 그런데 나보다 훨씬 아프고 힘든 사람이 많았다. 그들의 아픔을 공감해 주며 그들의 사연을 들어주고 내가 도울 수 있는 일을 해 보리라 다짐했다. 나를 믿어주고 응원해 주는 사람들이 있듯이 나 또한 그들을 진심으로 믿어주고 응원해 주리라.

2021년, 새해를 맞이하며 가장 먼저 소파를 없앴다. 게을러지기 좋은 공간이다. 지금까지 쌓아온 땀의 결실이 추락하게 될 수도 있다는 불안감이 들었다. 2016년에 강사가 되어, 2017년에는 워밍업 경험 쌓기였다. 2018년, 2019년에는 24시간이 부족했다. 하루 3건은 기본, 많게는 5건까지 강의를 했다. 1년에 500회가 넘는 횟수였다. 몸은 고단했지만 행복했다.

작년 2월, 코로나 사태가 처음 발생했을 때 좌절보다는 편했다. 강의가 줄줄이 취소되자, 그동안 쉬지 못했던 몸과 마음을 위한 휴가라고 생각했다. 먹고, 자고, 못 봤던 영화, 드라마를 보는 일이 천국 같았다. 소파에 누워 최대한 편한 자세로 했던 행동들이다. 소파와 합체, 자유를 만끽했다. 한 달 정도 지나자, 우울해졌다. 생계도 걱정되었지만, 하고 싶은 일을 못 하게 되니까 세상이 멈추는 것만 같았다. 자기계발이 필요했다. 그런데 소파에 앉아있다 보면 눕게 되고, 누워있다 보면 나도 모르게 잠들어 있었다. 한심했다. 한없이 늘어지는 나를 위한 채찍이 절실했다. 애꿎은 소파가 나를 게으르게 한다는 결론을 내렸다. 몇 달을 고민하다가, 당근 마켓에 내놓았다. 바로 팔렸다. 거의 혼자만 쉬는 공간이라, 새것이나 다름없었다.

소파가 없으니까 거실이 훨씬 넓어졌다. 소파 있던 자리에 2m 되는 책상을 사서 놓았다. 책상 위에 컴퓨터와 노트북, 일기장, 독서 노트, 스케줄표. 달력 3개, 메모판 등 쫙 늘어놔도 자리가 남는다. 책꽂이도 큰 거로 사서 놓았다. 작은 책꽂이에 있던 책과 상자에 싸놓았던 책을 진열하니, 멋진 서재가 되었다. 근사했다. 흐뭇했다. 집에서 잠자는 시간 외에는 거의 책상 앞에 앉아있다. 책 읽고, 글 쓰고, 공부하고, 강의 준비도 한다. zoom으로 강의도 듣고, 강의도 한다. 책상 앞에는 내가 지켜야 할 사항들과 목표, 월별로 달성해야 할 1년 계획도 크게 써 붙여 놓았다. '나는 강사다! 나는 작가다! 믿어라! 당신은 해낼 수 있다!' 제일 크게 써 붙여 논 문구다. 더 성장하는 강사가 되겠다는 마음가짐과 곧 다가올 두 번째 꿈. 멋지다.

집이 좁아서 아이들 책상 외에 내 책상은 꿈도 못 꿨다. 식탁이나 거실 바닥에 앉아 미니 책상을 이용했는데, 드디어 큼지막한 내 책상이 생겼다. 이 책상에서 더 큰 꿈을 이룰 생각을 하니 심장이 쿵쾅거린다. 나를 믿어주고 응원해주는 분들에게 반드시 보답하리라! 소파 없앤 일은 참 잘한 일이다. 아주 좋다.

강사가 되겠다고 결심하고 말했을 때, 반응이 좀 애매했던 사람은 큰오빠였다.

"고생해서 애들 다 키워놨는데, 뭘 또 다른 일 하면서 힘들게 살려고 해? 이제는 너를 위해서 좀 편하게 살아!"

오빠는 내가 무리하게 일하는 것을 아직도 말린다. 큰오빠 외에 우리 아이들, 지인들, 친구들, 학원 원장님들은 대부분 이런 반응이었다.

"강사? 와! 멋지다! 너랑 정말 잘 어울린다. 넌 될 거야! 넌 해낼 수 있을 거야!"

나를 믿어주는 사람들. 든든했다. 힘이 되었다. 만약에 주변 사람들이 말리거나 내 꿈을 반대했었다면, 주춤했을지도 모른다. 집안에서 일어나는 일들이나 대소사 등 모든 것을 나 혼자 생각하고, 결정하고, 추진하는 일들이 익숙했다. 누군가 말렸어도 아마 도전했을 것이다. 한 번씩 힘든 일을 겪거나, 코로나 때문에 일이 줄어들자 다시 학원을 해볼까. 잠깐 갈등은 있었다. 하지만 나를 믿어주는 사람들에게 실망을 안겨줄 수는 없었다. 끝도 없는 공부는 나를 잠시도 가만히 두지 않았다. 예전에 이렇게 열심히 공부했으면 아마도 서울대도 거뜬히 갔을 것 같다.

"시끄럽게 조잘대는 참새들 따위는 생각하지 말고, 높은 하늘에서 자유롭게 훨훨 날며 날개를 펼치는 독수리를 봐! 김 강사는 독수리가 될 거야! 포기하면 나를 배신하는 거야!"

인간관계 때문에 힘들어할 때마다 용기를 주셨던 정재윤 교수님. 늘 뒤에서 보이지 않게 응원해 주시고 믿어주신다. 그분에게 난 이미 독수리다.

"코로나 때문에 힘들지? 책 쓰는 건 잘되고 있어? 책 쓰려면 체력이 중요해. 잘 먹어야 해. 힘내! 잘 해낼 거라 믿어!"

원광대학교 이현춘 교수님. 얼마 전에는 비타민, 유산균, 콜라겐, 간 보호제, 건강식품을 잔뜩 사서 보내오셨다. 잘 먹어야 책도 쓰고 잘 먹어야 강의도 한다고 하셨다. 감동이었다. 강사로서 모든 면에 솔선수범이신 가장 존경하는 분이다. 격려와 칭찬을 아낌없이 해주시는 모습. 나뿐만 아니라 주변 사람들을 세심하게 챙기신다. 하나에서 열까지 다 본받고 싶은 분이다. 이현춘 교수님만큼만 살자. 늘 다짐한다.

"세상에서 누군가 자신을 믿어주는 단 한 사람만 있어도 그 사람은 성공한다."라는 글을 책에서 본 적이 있다. 동감이다. 나를 믿어주는 사람들 덕분에 여기까지 왔다. 한 분 한 분 이 글에 다 담을 수 없어서 아쉽다. 언니 오빠들의 응원. 꿈을 찾아 새로운 일에 도전하며 지속 성장해 나가는 내게 늘 존경한다는 딸들. 멋지다, 행복해 보인다며 힘을 주는 친구들. 큰 그릇이 되라고 격려하며 가르쳤던 제자들의 응원. 주변 강사님들과 교수님들의 격려와 칭찬, 그리고 믿음. 이 모든 것들이 한데 어우러져 나를 성장시키고 있다. 그 은혜 절대 잊지 않을 것이다. 귀한 말씀, 진심으로 잘

되길 바라는 마음. 날개를 펴고 쭉 뻗어나가며 멋지게 성장하는 모습으로 보답할 것이다.

"믿어라! 당신은 해낼 수 있다!"

나폴레온 힐의 『성공의 법칙』에 나오는 문장이다. 무엇이든 할 수 있다는 확신으로 자신을 믿으면 반드시 해낸다는 의미다. 다른 사람의 믿음도 중요하지만, 내가 나를 믿는 것도 중요하다. 이 문장을 하루에도 수십 번씩 쳐다보고 외친다. 1분 1초도 시간을 허투루 보내면 안 된다는 자극을 주는 문장이다.

비로소 보이는 것들

며칠 전, 유통기한이 지난 차들을 정리하고 버렸다. 둥굴레차, 메밀차, 옥수수차 등. 커피만 즐겨 마시는 내게 무용지물이었다. 생강차도 있었다. 생강차를 보니 동네에서 함께 운동하며 친해졌던 B 언니가 생각났다. 감기 몸살이 심하게 걸린 적이 있었다. 그 언니는 온갖 약초를 넣어 정성 들여 생강차를 달여서 주셨다. 1L짜리 자주색 보온병에 담긴 생강차는 검은색에 가까울 정도로 진했다. 병원에서 주는 약과 주사보다 훨씬 효과가 좋았다. 맛도 최고였다. 언니의 따뜻한 마음과 정성, 감동이 전해졌다. 생각난 김에 전화했다. 언니가 먼저 전화하는 일이 많았는데 이번에는 내가 먼저 했다. 반갑게 대해주셨다. 요즘 운동은 하는지, 어디에서 하는지 이것저것 물어보며 서로의 안부를 나눴다. 그런데 전날 언니들끼리 모여서 점심 식사를 했다고 한다. 나는 서운하다며 투덜댔다. 왜 나는 안 불렀냐고.

"너 바쁘잖아! 넌 항상 바쁘니까 못 불렀지!"

"요즘은 안 바빠요. 코로나 때문에 일이 많이 줄었어요."

"그래? 그럼 이번 주 토요일 어때? 점심 먹자."

약속하고 전화를 끊었다. '왜 나는 사람들한테 항상 바쁜 사람이라는 인식이 박혀 있을까?' 답답했다. 동네니까 굳이 옷차림 신경 쓰거나, 화장을 안 해도, 부르면 금방 나갈 수 있는데 아쉬웠다. 친구들이나 지인들 역시도 대부분 이런 반응을 보인다. 삼삼오오 모여서 수다 떨고, 밥 먹고, 차 마시고 하는데 왜 난 안 불렀냐고 하면 하나같이 '바쁠 것 같아서'라고 한다. 그동안 얼마나 바쁜 척하고 살았기에.

가끔, 나이가 많다는 이유로 강사 섭외에서 제외되는 경우가 있다. 20대, 30대 젊고 예쁜 강사를 원하는 경우다. 젊은 강사들에 비해 외모는 뒤질지 몰라도 실력만큼은 뒤지지 말자. 나의 부족함을 알기에, 부족함을 채우고 더 큰 그릇이 되고자 노력했다. 미친 듯이 뛰었다. 나의 성실함과 끈기, 열정에 감탄하며 물심양면으로 도와주시는 분들이 많다. 덕분에 전국으로 강의를 다닌다. 하루 두세 시간 자고 일하는 경우가 허다하다. 하루 600Km 이상 운선을 해도 힘들지 않다. 평소보다 못 자고, 두세 배의 일을 해도 피로를 느끼지 않는다. 열정이 없었으면 불가능한 일. 마음의 열정이 몸에도 영향을 미치는 것 같다.

좋아하는 일도 하고, 돈도 벌고. 여행은 덤이다. 강의하며 여행하고, 여행하며 강의하는 직업. 그동안 누리지 못하고 보지 못한 것들이 하나하나 보이기 시작했다. 눈에 들어왔다. 비가 오는지, 눈이 오는지, 꽃이 피는지 관심도 없었던 내게 강의하러 다니는 일은 여행이나 다름없었다. 파랗게 펼쳐진 넓은 하늘에 각기 다른 모양의 구름. 계절 따라 피는 꽃. 그림 같은 풍경. 예쁘다! 아름답다! 연신 감탄사를 내뿜는다. 아지랑이 모락모락 피어오르는 모습을 볼 때면, 학원에서 학생들한테 했던 말도 생각난다.

"와! 봄이 오는 소리가 들리는구나!"

"선생님, 진짜 봄이 오는 소리가 들려요? 저는 안 들리는데요."

"응, 마음씨 착한 사람한테만 들린단다."

진짜 믿었던 아이들 생각하며 혼자 깔깔 웃기도 한다. 봄이 오는 소리도 듣고 봄의 향기도 느끼면, 마음의 봄도 온다. 여름이면 맑은 물에 얼굴을 비추기도 하고, 자유롭게 물속을 거닐고 있는 물고기들도 조용히 들여다본다. 잡아

보고 싶은 욕심에 손을 넣으면, 쪼르르 떼를 지어 도망치는 모습들이 어찌나 귀여운지. 공원이나 숲을 거닐며 피톤치드를 맛보는 시간은 가슴을 활짝 펴게 한다. 혼자라도 좋다. 대자연에 감동하며 자유를 만끽할 수 있는 그 시간이 감사하다. 가을 풍경은 최상이다. 울긋불긋 오색 빛깔 자랑하는 산의 모습. 들판에 노랗게 익어가는 벼들과 갖가지 곡식들은, 계절을 더 실감 나게 해준다. 아름다운 자연에 감탄사가 저절로 우러나온다. 제멋대로 나뒹구는 낙엽. 간당간당 떨어질 듯 나뭇가지를 붙잡고 있는 나뭇잎. 겨울이 다가왔음을 알려준다. 나무들만 덩그러니 서 있는 모습. 잎은 떨어졌어도 새봄을 기다리게 해주는 희망이다. 사계절을 몸소 느끼고 바라보면서, 자연의 이치에서 깨달음을 얻는다. 자연에서 많은 혜택을 받았어도 누리지 못했던 삶을 반성한다.

새벽길을 나서면서, 앞을 가눌 수 없는 안개도 만나고, 구름 위로 조금씩 모습을 드러내는 태양도 본다. 구름 뒤에 숨었다가, 또 저만치 가다 보면 또 살짝 내밀고를 반복하는 태양. 그렇게 우리에게 '하루'라는 선물을 선사한다. 감탄이 절로 난다. 지방이든 수도권이든 퇴근 시간 무렵이면 어김없이 찾아오는 교통체증. 활활 타오르던 태양은 저물어가는 하루를 알린다. 하늘에 붉게 수놓으며 빌딩 숲 사이로 숨기도 하고, 차츰차츰 모습을 감춘다. 어둠이 깔린 거리는 자동차 불빛으로 또 빨갛게 물들지만, 자연의 위대한 힘에 감사함과 미안함을 생각하게 된다. 그동안 왜 못 봤을까.

사는 게 바빠서 여기저기 돌아볼 마음의 여유도 없이 살아가는 사람들이 어디 나뿐이겠는가. 시간이 문제가 아니라, 내 마음의 울타리가 문제였다. 울타리를 치우자, 그동안 보지 못한 것들이 하나둘씩 보이기 시작한다. 이전의 모습과는 확연히 달라졌다. 마음 자세부터 달라졌다. 비가 내리면, 열어놓고 나온 베란다 창문으로 비가 들어오지 않을까. 햇볕이 쨍쨍 내리쬐면, 빨래 잘 마르겠다. 평범한 아줌마의 생각은 잠시 잊는다. 오롯이 눈앞에 보이고 들리는 느낌만을 따라간다. 빗속을 운전하면서 운치 있는 음악을 틀고, 차창을 때리는 빗소리도 정겹게 들으며, 사색하는 시간. 몇 시간이 걸려도 힘들지 않다. 그동안 보지 못했던, 느끼지 못했던 것을 느끼는 최고의 시간. 축복이다. 내가 좋아하는 일을 하면서 누릴 수 있는 자유다.

"내려갈 때 보았네. 올라갈 때 보지 못한 그 꽃" 노벨문학

상 후보에도 올랐던 고은 선생님의 시 〈그 꽃〉의 구절이다. 나한테 하는 말 같아서 뜨끔했다. 등산할 때 목표는 정상이다. 오르막길은 힘들다. 여기저기 돌아볼 여유가 없다. 나무도 꽃도 눈에 안 들어온다. 산을 오르는 건 미친 짓이야. 다시는 등산 안 할 거야. 다짐했던 적이 한두 번이 아니다. 정상에서 대자연이 펼쳐진 풍경을 보면, 까마득하게 잊는다. 힘들게 올랐던 시간을 보상받는 듯하다. 산에서 내려오면서 그제야 느긋하게 보게 되는 자연. 〈그 꽃〉 시에 공감한다.

소중한 인연. 바쁘다는 핑계로 나도 모르게 놓치고 있었다. 사람이 가장 큰 재산이라는데 챙기고 만나야 할 사람들에게 소원했던 '나'를 돌아보며 반성한다. 올라갈 때 보지 못하고 챙기지 못하면, 내려올 때는 이미 늦을 수도 있다. 사람들이 기다려 주지는 않을 터이다. 출처는 모르지만 "시간이 나서 만나는 사람과, 시간을 내서 만나는 사람을 구분하라!"라는 글을 가슴 깊이 새긴다. 시간을 내서라도 소중한 사람들과의 끈을 놓지 않도록 해야겠다. 자연도 느끼고 사람도 느끼며 살자. 인연의 소중함에 감사하자. 내려갈 때 보려고 했던 것들, 이제는 올라갈 때도 볼 수 있는 마음의 여유를 가져야겠다.

밥보다 중요한 건 없다

죽고 싶다고 한다. 힘들다고 한다. 아프다고 한다. 이혼하고 싶다고 한다. 죽이고 싶다고 한다. 금방 죽을 것처럼, 죽일 것처럼 분통을 터트린다. 대성통곡을 하며 하소연한다. 가끔 이런저런 이유로 상담을 요청해 오는 사람들이 있다. 일단 밥부터 먹으라고 한다. 죽을 것 같은 고통과 힘듦도, 일단 밥부터 먹으면 포만감에 조금은 여유로워진다. 힘든데 밥이 넘어가느냐고 하겠지만, 일단 숟가락 들면 넘어는 간다. 모든 걸 포기하고 내려놓고 싶을 정도로 힘들면, 일단 밥부터 먹고 생각하자. 사람은 힘들수록 자기 몸을 돌보지 않는다. 나도 그랬다. 밥도 먹기 싫었다. 나도 죽고 싶었고, 나도 죽이고 싶었다. 인생 다 산 것처럼 청승을 떨었다. 엄마가 밥부터 먹으라고 했다. 밥을 먹어야 산다고 했다. 밥부터 먹었다. 삶이 고달프고, 서럽고, 마음이

번잡할수록 먹었다. 눈물이 앞을 가려도 꾸역꾸역 씹어 삼켰다. 일단 밥부터 먹으면 문제해결 방법도 떠오르고, 쓸데없는 일에 에너지를 낭비했던 자신을 볼 수 있다. 밥숟가락 놓을 만큼 중요한 일은 하나도 없다.

월요일 오전 10시. 언니가 출근하는 시간. 매주 월요일 같은 시각. 어김없이 전화가 온다.

"강의는 좀 들어왔어? 사람들 백신도 맞았으니 좀 나아졌지? 밥은 먹고 다니냐? 오이소박이랑 나물무침 몇 가지 했는데 갖다 줄게. 집에 있을 거야?"

언니는 나이 50이 넘은 동생이 뭘 먹고 다니는지, 제대로 챙겨는 먹는지 온통 내 끼니 걱정뿐이다. 출근하면서 집에 들른 언니는 오이소박이, 나물무침, 된장찌개, 멸치볶음까지 한 보따리를 싸 들고 왔다. 친정 엄마가 하던 일을 늘 대신한다. 하나하나 반찬통을 열고 맛보는데 입맛에 딱 맞았다. 뚜껑을 닫는데 가슴이 뭉클했다. 눈물이 핑 돌았다. 얼마 전 언니 머리에 혈관이 막혀 수술했다. 얼마 되지도 않았는데, 일하면서 자식들 일일이 다 챙기고 나까지 챙기는 언니. 가슴 아팠다. 이젠 좀 쉬어도 되는 나이건만. 언니는 엄마나 다름없다. 늘 언니에게서 엄마를 느낀다. 언니 등에

업혀서 자라서 그런지 엄마 같다.

가끔 만나는 올케언니들도 모두 나만 보면 뭐든 싸 주려고 안달이다. 특히 작은 올케언니는 엄마랑 함께 살면서 시집살이(?)를 해서 그런지, 엄마가 해주는 음식이랑 똑같은 맛을 낸다. 언니들이 해준 음식을 먹을 때면 울컥할 때가 많다. 바쁜 와중에도 나를 챙기고, 사랑과 정성을 나눠주는 사람들. 난 참 행복한 사람이다.

"밥은 먹고 다니냐?"

시어머님과 통화를 하면, 첫마디가 이 말씀이다.

2019년 5월 10일 시어머님께 전화를 걸었다. 역시 같은 말씀을 하셨다.

"네, 어머님. 아침은 먹었고요. 점심은 어머니랑 같이 먹으려고요. 제가 오늘 그 근처에 강의가 있는데 금방 도착하니까 준비하고 계세요. 저랑 나가서 맛있는 거 먹어요."

"응. 그래그래. 고맙다!"

어버이날에 못 뵌 것이 내내 마음에 걸렸다. 몇 달 만에 뵌 어머니는 더 수척해 보였다. 오리고기 집에 들어가 오리로스구이를 시켰다. 음식이 나오기도 전에 또 우신다.

"염병할 놈 새끼! 뭐가 급해서 그렇게 빨리 가서. 아이고,

내가 죄인이다, 죄인이야! 내가 죽었어야지!"

20년 넘도록 매번 똑같은 말씀만 반복하신다. 나도 울고 싶을 때가 많았는데 항상 어머니가 먼저 우셔서 참았다. 불판에 고기를 굽기 시작했다. 어머니께서 집게를 뺏으신다.

"어서 먹어라, 어서 먹어! 고기는 내가 구울게. 힘들지? 김치는 있냐? 밥은 먹고 다니냐? 바쁘다면서?"

"네. 일해야 하니까 잘 챙겨 먹어요. 걱정하지 마세요. 어버이날 못 와서 죄송해요."

다 구워진 고기를 자꾸만 내 접시에 놓으신다. 어머니는 몇 점 안 드셨다.

"염병할 놈 새끼."

연신 남편을 욕하셨다. 눈물을 감추시려는 듯, 옷자락으로 계속 훔치셨다. 눈앞이 흐려질 때마다 고기쌈을 입에 쑤셔 넣었다. 어머니와 나 사이에 침묵이 흐른다.

"어머님, 저기 앞에 노인복지관 있잖아요. 오늘 거기서 강의하는데 같이 가실래요? 어머니도 들으시면 좋은 내용이에요."

"아이고! 내가 이 꼴로 어떻게 가니? 옷도 엉망이고 머리도 엉망인데. 너 괜히 곤란하고 창피하면 안 되잖니?"

괜찮다고 설득했다. 어르신들이 300명 정도 참석하는

'노인인권교육' 자리였다. 강당을 가득 채운 어르신들 앞에서 두 시간 동안 열정을 다해 강의했다. 중간쯤 앉아 계신 어머니는 계속 옷자락으로 눈물만 훔치셨다. 예전 같으면, 그 모습에 같이 눈물 흘렸을 터인데. 점점 프로가 되어 가는 나 자신이 자랑스러웠다. 마음은 아팠지만 크게 신경 쓰이지 않았고, 오로지 내가 해야 할 강의에만 집중했다.

"넌 어쩜 그렇게 말도 잘하니? 아범이 봤으면 좋아했을 텐데. 염병할 놈 새끼! 우리 며느리 자랑스럽다! 밥 잘 챙겨 먹어야 한다. 어쩌냐, 내가 이젠 김치도 못 담가주고. 죽을 날이 얼마 남지 않아서 밥하는 것도 힘들다. 밥 잘 챙겨 먹어야 해!"

집으로 돌아오는 길. 86세 어머니의 세월이 더 측은하게 느껴졌다. 나랑 비슷한 시기에 혼자가 되신 어머니. 세월이 얼마큼인데, 아직도 우리 세 모녀 보기만 해도 우시는지. 반찬가게를 해도 될 만큼의 어머니 요리 솜씨를 맛보지 못하는 게 아쉽다.

"어머니! 진지 잡수셨어요?" 서로의 안부를 밥으로 시작하고, 밥으로 끝낸다.

"나 이거 못 먹어. 한 번도 먹어본 적 없어!"

"시끄러워 가시나야! 닥치고 일단 처먹어!"

추어탕이다. 냄새부터가 역겹고, 비주얼 역시 비위에 안 맞았다. 머릿속엔 온통 미꾸라지 수십 마리를 무지막지하게 갈아서 끓였을 거란 생각뿐이다. 징그러웠다. 친구 미야는 숟가락을 내 손에 쥐여 주고, 접시에 뜨거운 음식을 덜어줬다. 학창 시절 껌 좀 씹던 친구다. 막말도 서슴지 않고 퍼붓는 친구지만, 밉지 않다. 안 먹겠다고 투덜거렸다간 또 쌍욕 나올 게 뻔하다. 꾸역꾸역 입에 넣었다.

"가시나야, 네 꼴 좀 봐! 어떻게 살려고 몸이 그렇게 망가지도록 몰라. 일단 먹어! 먹기 싫어도 이거 먹으면 기운 난다."

입맛이 없어서 밥알이 모래알처럼 느껴지고 미각을 거의 잃었을 때가 있었다. 다리가 후들거려서 금방이라도 쓰러질 것 같았다. 친구의 걱정에 눈물이 날 뻔했지만, 꾹 참고 먹었다.

35살 때부터 5년 정도 365일 일한 적이 있다. 평일엔 학원에서 수업하고, 주말과 일요일엔 과외를 했다. 먹지도 못하고 일만 했으니 몸이 고장 날 만도 하다. 그 친구 집에서 그룹과외를 했던 날이다. 끝나고 나면 항상 따끈따끈한 밥에 갖가지 반찬으로 대접해 줬었다. 그런데 그날은 무조건 나를 끌고 추어탕 집으로 데려갔다. 보양식을 먹이고 싶었던 모양이다. 별맛도 못 느낀 채, 숙제하듯 뚝배기 한 그릇을 다 비웠다.

"야! 힘들수록 닥치고 일단 밥부터 먹어! 네가 혼자 몸이냐? 새끼들 어쩌려고 그래!"

얼마 지나지 않아 기운을 차렸다. 추어탕 때문인지, 친구의 따뜻함에 감동해서 그런지 모르지만. 요즘은 1년에 한두 번 정도는 추어탕을 먹는다. 기운 없을 때, 그때의 추억을 생각하며 맛있게 잘 먹는다. 닥치고 일단 밥부터 먹으라는 친구의 말은 언제나 힘을 준다. 고난과 고통이 나를 자꾸만 옭아매고 놓아주지 않을 때마다, 밥부터 먹게 되는 습관이 생겼다.

조금 전 큰딸이 비밀번호를 누르더니, 불쑥 들어왔다. 출근하는 길에 잠깐 들렀다고 한다. 보자마자 내가 하는 말은 늘 똑같다.

"밥은 먹었니? 밥은 먹고 다니니? 뭐 해서 먹었어?"

감정을 털어낼 용기를 가져라

"사람은 고쳐 쓰는 것이 아니라, 골라 쓰는 거야!"

2019년 KBS 〈왜 그래 풍상씨〉라는 드라마에서 나왔던 대사다. 남자주인공이 여동생에게 한 말이었다. 폭력적인 남편과 이혼했는데 미련을 못 버리는 여동생을 향한 외침이었다. 여동생은 차차 나아질 거라는 기대감에 몰래 전남편을 만나러 다녔고, 오빠인 남자주인공은 그런 여동생을 가로막았다. 폭력은 고칠 수 없다는 주장이다. 결말은 잘 모르겠다. TV를 틀어놓고 설거지를 하다 말고 그 대사에 멈칫했다. 그 단순한 진리를 왜 몰랐을까. 나도 그 여동생처럼 사람은 바뀔 수 있다, 고칠 수 있다고 생각했다. 사람은 쉽게 바뀌지 않는다는 것을 알면서도 '내가 그 사람을 변화시켜 보자!' 했다가 에너지 소진으로 내가 더 힘들었던 경험이 여러 번 있었다.

한양대학교 유영만 교수님의 저서 『책 쓰기는 애쓰기다』 프롤로그에 보면 "사람을 만나지 못해서 불우한 삶이 아니라 내 삶을 불우하게 만드는 사람을 만나서 불우하다."라는 문장이 나온다. 크게 공감했다. 드라마에 나오는 여동생의 삶은 어쩌면 배우자를 잘못 만나서 불우한 것일 수도 있다. 나를 아끼고 사랑해 주는 사람이 많다. 그러나 힘들게 하는 사람도 있다. 사람들이 좀 달라지길 바랐던 건 착각이었다. 오히려 더 늪에 빠지는 숱한 경험을 했다. 그 때문에 불행하지 않았을까. 인연을 잘 이어가는 것도 중요하지만, 나와 맞지 않는 사람을 끊어내는 것도 중요하다. 성격상 쉽게 인간관계를 맺지는 않는다. 하지만 한 번 맺은 인연을 소중히 여기는 터라 끈을 놓지 않으려고 애쓴 적이 많다. 그 과정에서 내 마음에서 밀어내는 사람을 정리하기는 쉽지 않다.

강사가 되기 전 나의 인간관계는 한정되어 있었다. 그런데 '강사'라는 직업은 다양한 사람들과 만나고 소통해야 한다. 좋은 사람도 많이 만났다. 반면 와! 사람이 어떻게 저래! 나의 의식 세계와 맞지 않는 사람들을 볼 때면 의아하고, 여러 번 상처도 입었다. 그러면서도 끊어내지 못하고 끙끙 앓으며 고민도 했다. 이러다 내가 죽겠구나! 했던 적도 있다. 분하고 억울할 때는 머리를 쥐어뜯고 싸우고 싶은 마음도 굴뚝같았지만 대응하지 않았다. 아무렇지 않아서가 아니다. 인과응보因果應報를 믿었다. “사람 때문에 아파하는 이유는 진실하지 못한 사람에게 진실하게 대해 준 대가”라는 문장을 어디선가 봤다. 진실하지 못한 사람에게 내 에너지를 쏟아가며 시간 낭비했던 대가를 톡톡히 받았다. 나 역시도 누군가에게 상처를 줘서 아프게 한 적이 분명히 있을 것이다. 그러기에 더욱 조심하려고 노력했고, 더 단단해지려고 노력 중이다. 꿈길을 가는데 꽃길만 있는 것은 아니다. 반드시 시련도 함께 온다.

내가 긍정적인 에너지를 가지고 있어야 강의 현장에서 만나는 사람들에게 좋은 에너지를 나눠줄 수 있다. 나의 강의 철학 중 하나다. 나로 인해 사람들이 좋은 에너지를 받을 수 있다면, 그 또한 강사로서 사람들에게 선한 영향력을 미칠 수 있다고 생각한다. 매일 새벽 기상을 하면 베란다에 나간다. 어둡고 고요한 창밖을 바라보며 반드시 하는 게 있다.

“온다! 온다! 이 세상 좋은 기운이 나에게로 몰려온다! 사람도 오고, 돈도 온다! 강의 섭외도 온다!”

눈을 감고 가슴을 활짝 편다. 두 팔을 벌려 쭉쭉 뻗는다. 좋은 기운이 다 몰려오는 듯하다. 좋은 기운, 좋은 에너지를 받아 하루를 시작하는 기쁨은 기적이다. 기적적인 삶이다. 때로는 어쩔 수 없이 좋지 않은 일을 경험하기도 한다. 인간관계에서 오는 스트레스는 지치게 한다. 특히 부정 에너지를 가지고 있는 사람이 있다. 나의 긍정적인 에너지를 빨아먹고 지치게 만드는 사람. '에너지 뱀파이어'라고 한다. 처음엔 그들까지도 감싸 안아야 진정한 강사라고 생각했다. 하지만 '내'가 더 중요하다. 내가 좋은 에너지 긍정 에너지를 가지고 있는 게 더 중요하다. 부정 에너지를 주는 사람과는 거리두기가 최선이라 여겼다. 그런 과정에서 내가 끊어내고 싶은 사람도 있었고, 나를 끊어내는 사람도 있었다. 내가 붙잡고 싶어도 어떤 이유를 대서라도 떠날 사람은 결국 떠난다. 나무에 잎이 떨어지면 새로운 잎이 돋아나듯이, 또 새로운 사람을 만나게 된다. 인간관계는 늘 그렇게 연결된다.

SNS 다이어트. 작년 11월부터 SNS를 줄였다. 강사는 마케팅, 홍보가 중요하다기에 '나'를 알리기 위해 시작했던 거였다. 내가 글을 쓰면 얼굴도 모르는 사람들이 공감을 눌러 주고, 댓글을 달아줬다. 감동이었다. 아는 사람들도 품앗이 하듯, 서로의 글에 공감을 표했다. 직접 만나지 않아도 누군가의 일상을 들여다볼 수 있고 어떤 정보가 있는지 알 수 있는 공간. 신기하기만 했다. 수시로 확인하는 게 '중독'이라고 해도 과언이 아니다. 어느 순간부터 진심이 아닌 사람들이 눈에 보였다. 분명히 댓글에 그 사람을 응원하고, 긍정적 메시지를 담았다. 그런데 뒤에서는 욕했다. 시기와 질투로 똘똘 뭉친 사람, 앞에서는 안 그런 척, 뒤에서는 뒷담화. 가식적인 모습에 멀미가 나는 듯했다. 그런 사람을 보면 '나한테도 그럴 수 있겠구나!' 했다.

내가 단톡방이나 SNS에 댓글을 달면, 항의하는 사람들도 있었다. 자기가 싫어하는 사람한테 왜 댓글 달았냐는 것이다. 어이없고 황당했다. 내가 욕먹어야 할 이유가 없다. '무시'라는 벌을 줬다. 일일이 대응할 가치가 없다. 나 역시도 나랑 친한 사람이 내가 싫어하는 사람의 글에 댓글을 달면 서운하다. 하지만 자신이 싫어하는 사람이라 해서, 다른 사람이 같이 싫어할 필요는 없다. 그렇게 생각하니 마음이 평온했다. 틈만 나면 들여다보던 SNS. 안 보고 신경 안 쓰니까 편했다. 시간도 효율적으로 쓸 수 있었다. SNS에 글 올리고, 다른 사람 글에 공감해 주고, 댓글 달다 보면 한두 시간은 훌쩍 지나간다. 차라리 그 시간에 더 연구하기로 했다. 책 읽고, 강의 준비하고, 자기계발에 더 신경 쓰자!

지난 3월부터 감사 일기를 쓰고 있다. 평소에 감사 생활 실천가라고 자부했다. 하루를 여는 순간부터 "감사합니다!"를 외쳤다. 강의 현장에서도 청중들에게 강조하는 부분이었다. 그런데 직접 써 보니 확실히 달랐다. 하루에 3가지 이상 써 보기로 했다. 어떤 날은 3가지, 어떤 날은 5가지. 어떤 날은 10가지도 넘었다. 나쁜 감정마저도 감사하다고 썼다.

"A가 미웠습니다. 그런데도 감사합니다. 그 사람을 알게 되어 감사합니다. 그 사람으로 인해 나는 그러지 말자 배우게 해 주셔서 감사합니다. 그 사람을 축복합니다."

나를 아프게 했던 사람들을 축복해 주기 시작했다. 쉽지는 않았다. 마음에서는 미움이 있는데, 축복하는 마음이 우러나오지는 않았다. 하지만 일단 그렇게 썼다. 점점 감정이 수그러들었다. 측은지심이 생겼다. 내가 그 사람들을 축복하면, 그 축복이 배가 되어 내게 돌아올 거라 믿었다.

"강의가 취소되었습니다. 코로나가 안정되면 다시 뵙게 될 거라 믿습니다. 감사합니다. 나를 인정해 주고, 불러주는 고객이 있어서 감사합니다."

취소된 강의만큼 다른 곳에 연결되어 강의가 들어왔다. 감사는 기적을 낳는다더니 맞는 것 같다. 모든 것이 감사하고, 모든 것이 기적이라 생각하는 나 자신에게도 감사했다. 감사 일기는 모든 감정을 받아주는 에너지 창고다. 감정을 쓰고, 또 감사의 에너지를 받고, 에너지를 끌어서 쓸 수 있는 보물 창고.

하고 싶은 일만 하기에도 시간이 부족하다. 나를 싫어하거나, 나와 맞지 않는 사람들 생각하며 시간을 보내기엔 아깝다. 굳이, 힘든 감정을 담아두고 속 끓일 필요가 없다. 내가 더 큰 그릇이 되면 쉽고 간단한 문제다. 남 탓하지 말자. 부정적인 생각에 머무르지 말자. 쓸데없는 일에 기운 빼지 말자.

강한 의지는 이겨낼 힘을 준다

고속도로에서 인생을 배웠다. 인생은 고속도로이다. 우리 인생과 비슷한 것 같다. 살다 보면 수많은 장애물을 만나게 된다. 고속도로도 그렇다. 아무리 안전 운전을 해도 종종 장애물을 만난다. 그 장애물을 지나면, 또 다른 장애물이 기다리고 있을지도 모른다. 우리 인생도 한 가지 해결하고 이겨내면, 또 다른 문제가 발생하고, 또 해결하면 엉뚱한 데서 일이 터지곤 한다. 나도 여러 번의 장애물을 만났고, 어려움과 아픔이 있었다. 어떻게든 어린 자식들 데리고 살아야 한다는 강한 의지. 그것이 이겨낼 수 있었던 힘, 버틸 수 있었던 힘이었다.

전국 방방곡곡 다니면서 도로 위에서 변수들을 수없이 경험한다. 익숙한 길도 때론 잠깐 집중하지 못해 딴 길로 샐 때가 있고, 상습 정체 구간을 잘 알면서도 피해 가지 못

할 때도 있다. 3~4시간 예상했던 길이 7~8시간 걸리기도 한다. 일기예보를 미리 알고 움직여도 맞지 않을 때가 있다. 분명 맑은 하늘이었는데, 다른 도시를 지나가다 보면 갑자기 먹구름이 몰려와 폭설이나 폭우를 만나기도 한다. 속도를 최대한 줄여서 눈알이 빠질 정도로 전방을 주시한다. 어깨를 움츠리고 운전대를 꼭 쥐게 되는 긴장감. 두렵다. 예측하지 못했던 안갯길. 비상 라이트를 깜빡이며 뒷차에 위험 신호를 주면서도 내가 더 떨린다. 야생동물들이 차에 치여 쓰러져 있는 모습. 섬뜩하다. 난폭운전을 하며 뒤에 바짝 붙어 쌍라이트를 켜는 사람들. 규정 속도를 맞춰서 가는데도 난리다. 전쟁터 같다. 때론 끔찍한 사고 현장도 목격한다.

우리 인생에 장애물은 있지만, 극복할 힘도 있다. 목적지, 목표가 있으면 반드시 통과해야만 하는 곳. 강한 의지만이 장애물을 극복할 수 있을 것이다. 나의 강한 의지와 열정, 그리고 목표. 이들 앞에서 장애물 따위는 두려워하지 않는 힘을 기르는 중이다. 내가 장애물을 두려워할 게 아니라 장애물이 나를 두려워하게 하는 힘!

지난 6월 3일 안동에서 강의가 있었다. 마치고 돌아오는 길에 휴게소에 들렀다. 볼일을 보고 주차된 차를 빼는데, 차 밑에서 뭔가 덜컹! 걸리는 소리가 들렸다. 별일 아니겠지 했다. 다시 후진하려고 액셀러레이터를 확 밟았다. 더 큰 소리가 났다. 차가 움직이지 않았다. 내려서 확인해보니 주차선 방지턱에 앞 범퍼가 걸려 반쯤 떨어졌다. 당황스러웠다. 사람들은 혀를 차며 쳐다보았다. 얼굴이 화끈 달아올랐다. 숨고 싶었다. 얼른 보험회사에 전화했다. 30분 만에 도착한 출동 기사님은 차 상태를 보더니 견인해야 한다고 했다. 50km까지만 무료라고 한다. 내비게이션을 보니 집까지 150km 남았다.

"대충 붙여 주세요. 집에 가서 서비스센터에 맡길게요."

"가다가 다시 떨어질 수도 있어요. 휴게소마다 쉬면서 확인하시고요. 비상 라이트 켜시고, 60km로 주행하세요."

출동 기사가 임시로 붙여 준 범퍼를 달고 출발했다. 제발 집 근처까지만 가자고 기도했다. 시키는 대로 했다. 다행히 집까지 잘 도착했다. 기사님께서 걱정되셨는지 밤에 전화까지 주셨다. 친절함과 배려심에 감사했다. 다음 날 서비스센터에 차를 맡겼다.

고속도로를 60km로 오는 내내 별생각이 다 들었다. 하지만 큰 사고가 아니라 다행이다. 내가 다치거나, 누굴 다

치게 했다면 큰일 아닌가. 인생은 고속도로구나!

고속도로에서 가장 큰 장애물을 만났던 때가 있었다. 내가 살아있다는 게 기적이다. 감사할 뿐이다. 2017년 12월이었다. 부산에 있는 고등학교에 강의가 있었다. 오전 9시 시작이다. 전날 미리 갈까 생각해 봤지만, 그때만 해도 혼자 숙박하는 게 익숙하지 않았을 때다. 목적지까지 380km 정도. 넉넉잡고 5시간이면 도착하겠지 했다. 일기예보도 미리 검색했다. 눈 소식은 없었다. 새벽 3시에 수원에서 출발했는데, 천안쯤 가니까 폭설이 쏟아졌다. 짧은 시간에 엄청난 양이었다. 앞이 안 보였다. 눈이 오면 운전을 안 했기 때문에 눈길 운전은 처음이었다. 눈길 운전, 브레이크를 함부로 밟지 말라는 말을 많이 들었던 터라 최대한 밟지 않았다. 차를 세울 수도 없었다. 죽을 수도 있겠구나 싶었다. 죽어도 가자. 가야만 했다. 강사가 강의를 펑크 내는 일은 있을 수 없다. 최대한 서행 운전을 했다. 집만큼이나 큰 트럭들이 많았다. 그 사이에 끼어 있는 것도 무서웠다. 트럭에서 내 차로 튀는 눈덩이는 더 불안했다. 앞차 불빛을 보며 쫓아갔다. 계속 뒤처졌다. 어두컴컴한 새벽 눈길. 간이 오그라드는 것 같았다. 눈물 콧물은 시야를 더 가렸다. 운전대에 바짝 붙어 더 힘을 줬다. 꽉 잡았다. 브레이크 하나 잘못 밟아도 난 죽는다. 고속도로 난관 밑으로 떨어지면 끝장이다. 도움을 요청할 수도 없고, 갓길에 차를 세울 수도 없었다. 쭉쭉 미끄러지는 차에 내 목숨을 걸어야 했다. 빨리 휴게소라도 나오면 좋은데, 보이지 않았다.

"규인아! 넌 지금 어딜 가고 있니?"

나 자신에게 물었다.

"난 지금 꿈길을 가고 있는 거야! 죽어도 가야 해. 죽더라고 가서 죽어야 해!"

무서운 눈길이 꿈길로 바뀌는 것 같았다. 두려움에서 조금은 벗어날 수 있었다. 겨우겨우 대구까지 갔다. 대구부터는 언제 눈이 왔냐는 듯이 도로가 깨끗했고, 하늘도 맑았다. 다행히 9시 5분 전에 도착해서 강의했다. 지금도 그때만 생각하면 아찔하다. 살아 돌아온 게 감사할 뿐이다. 죽어도 해내겠다는 마음. 눈길이 아닌 꿈길. 강한 의지가 나를 살렸다.

매주 일요일 밤. 독서 모임을 하고 있다. 지난주 홍석기 교수님께서 마무리 멘트로 하신 말씀이 감동이었다. 그리고 나의 이기심을 반성했다.

"저는 강의하러 갈 때 차가 막히면 행복합니다. 공단 쪽이나 고속도로를 지날 때 새벽에도 차가 막힐 때가 있습니다. 차가 막히거나 큰 트럭이 많으면 그렇게 행복할 수가 없습니다. 우리나라 경제가 그만큼 잘 돌아가고 있다는 증거 아니겠습니까!"

차가 막히면 행복하다니! 입이 떡 벌어졌다. 존경할 수밖에 없는 분이다. 고속도로에서 큰 트럭을 만나면 '적'이라고 생각했다. 가장 위협적인 차라고 생각했다. 그런데 홍 교수님 말씀을 듣고 보니 오히려 감사해야 하는 부분이었다. 우리나라 경제가 잘 돌아가는구나! 잘 살고 있구나!

내가 행복해지는 순간을 찾아라

올해 초 〈미스 트롯2〉 오디션이 한창일 때다. '영지'라는 가수가 무대에 서서 한 말. 울림을 주었다.

"그냥 노래가 부르고 싶어서 나왔습니다."

나도 마찬가지다. 나도 그냥 강의하는 게 좋다. 그냥 강의하고 싶어서 강사가 되었다. 강의하는 순간이 가장 행복하다.

"난 뼛속까지 강사야! 강사가 되길 참 잘했어! 난 강사가 되기 위해 태어났어!"

스스로 외치고 사람들에게 이런 자랑도 아무렇지 않게 늘어놓는다. 이런 마인드가 나를 더 성장하게 했다. 변함없는 마음이다. 내가 행복해지는 순간들이 고스란히 담겨있기 때문이다.

강의가 끝나고 나면 기립 박수를 받기도 하고, 최고라며 엄지척을 받기도 한다. 때론 한 사람 한 사람 강의장을 나가며 악수도 청해 주신다. 강의 참 좋았다고 칭찬해 주신다. 어떤 분들은 그곳에서 나눠 준 간식을 안 드시고 슬쩍 주고 가시기도 한다. 뭉클한 느낌, 가슴이 뜨거워지는 순간이다. 진심으로 감사한 일이다. 한 시간 이상 내 강의를 들어주시는 분들. 얼마나 감사한 일인지 말로 다 표현할 수 없다. 최고의 행복을 누릴 수 있는 장소가 강의장이다.

"강사님은 강의가 재미있나 봐요? 진짜 강의를 즐기는 것 같아요."

이런 피드백이 들어올 때는 더 행복하다. 일방적인 강의가 아닌, 청중과 함께 호흡하며 소통할 수 있는 강의 분위기를 연출한다. 나의 강점이다. 지루하거나 졸릴 틈을 주지 않기 위한 스킬이 무엇보다 중요하다. 내가 하는 강의 분야는 대부분 의무적으로 받아야 하는 교육이다. 그래서 의무 때문에 어쩔 수 없이 받는다는 생각을 떨쳐버리도록 늘 연구하고 노력한다. 애드리브도 잘하는 편이다. 특히 강의 시작 전, 분위기와 대상자 파악을 잽싸게 해서 그들에게 맞는 스폿으로 마음 열기를 잘한다. 그 시간을 즐긴다. '이 시간을 즐기자!'라고 생각하면 힘이 더 솟는 듯하다. 그 시간을 즐길 수 있다는 건, 내 직업에 대한 사명감과 책임감, 자부

심과 자긍심이 강하기 때문이다.

강의하다 보면, 현장에서 종종 돌발 상황이 벌어진다. 기계 결함으로 자료 송출이 안 될 때가 있다. 그때마다 당황한 적은 없다. 강의를 준비하면서 이미 내 머릿속에 강의 내용이 저장되었기 때문이다. 막힘없이 술술 잘 풀어나가며 마무리까지 했을 때 대상자들로부터 받는 박수와 칭찬, 그 성취감은 이루 말할 수 없다. 한 시간 강의를 위해 수십 시간 준비하고, 오고 가며 수고했던 노력과 땀을 보상받는 느낌이다. 기계 결함일 때, 대부분 교육 담당 선생님들은 미안해서 어쩔 줄 몰라 하신다. 하지만 간혹 오히려 큰소리 치는 분도 있다.

L 고등학교 교사들을 대상으로 성폭력 예방 교육을 했던 날이다. 노트북 4대를 바꿔가며 시도해도 끝내 자료 송출이 되지 않았다. 하지만 당황하지 않았다.

"강사라면 자료 없이도 강의할 줄 알아야죠? 그냥 하세요!"

교육 담당 선생님께서 왠지 나한테 책임 전가를 하는 것 같았다. 기분 나빴다. 기계 결함이 나 때문이냐고 말하고 싶었지만 참았다. 그리고 이미 그냥 하려고 했다. 그 말투

와 표정. 강사를 무시하는 듯한 태도에 오기가 생겼다. 두고 봐라! 더 당당하고 자신감 있게 진행했다. 잘 마쳤다. 기립 박수가 나왔다. 그 선생님은 주차장까지 따라 나오며 감사하다, 죄송하다면서 180도로 돌변한 태도를 보였다. 허리를 몇 번이나 굽히셨다. 처음에 강사를 무시했던 말투에 한 방 먹인 것 같아서 통쾌했다. 그 이후로 전근 가셔도 아직도 꾸준히 불러 주신다. 강의하는 맛이 저절로 난다.

2018년 7월에는 연천에 있는 C 군부대에서 성폭력 예방 교육이 있었다. 그곳도 기계가 안 되었다. 방송실에서 일일이 다음 장 교안을 넘겨줘야만 하는 상황이다. 교안에 의지하지 않고 그냥 내 머릿속에 있는 대로 강의했다. 만족스럽지 않은 강의였다. 문제는, 거리도 기계도 아니다. 가는데 3시간에 강의 대기시간과 강의 시간까지 어림잡아 5시간 정도 걸린 것 같다. 그런데 집으로 돌아오는 길이 퇴근 시간과 겹쳐서 총 7시간 걸렸다. 아무것도 먹지 못해 허기졌다. 화장실도 급했다. 조금만, 조금만 가면 되겠지 했다. 결국 배고픔과 화장실 볼일을 참고 집에 도착했다. 한 시간 강의를 위해 길에서 보냈던 11시간. 밥 차릴 기운도 없었다. 편의점에 들러 햇반이랑 컵라면을 샀다. 라면을 좋아하지 않지만, 집에 들어가자마자 5분 만에 먹은 음식. 내 생에 그렇게 맛있는 컵라면은 처음 먹어본다. 12시간 공복에 허기를 달랬던 그 맛. 이런 게 행복이지. 내 일을 사랑하고, 기꺼이 그 일을 해내고, 잘했다며 스스로 토닥이며 먹었던 컵라면과 햇반. 잊을 수 없는 추억의 맛이다.

강사가 되고 나서 몸이 가장 아팠던 때가 있었다. 하루에 몇 건의 강의를 소화하다 보니, 몸살이 심하게 걸렸다. 몸을 가누기도 힘들었다. 기흥에 있는 삼성그룹 연구원들 대상 교육이었다. 대기업은 보안이 철저해서 출입이 자유롭지 않다. 출입 인증을 받기 위해 여러 절차를 거쳤다. 혹시라도 못 들어갈까 봐 조마조마했다. 3일 만에 드디어 출입 허용이 떨어졌다. 그렇게 어렵게 따낸 대기업 강의였기에 포기할 수 없었다. 운전조차도 힘든 상황이라 택시를 타고 갔다.

"강의하다가 그 자리에서 죽는 한이 있어도 가야 한다. 죽어도 강의장에 가서 죽자!"

모든 정신력을 동원해서 기를 불어넣었다. 출입 허용이 떨어졌음에도 현장에는 보안이 철저했다. 출입구에서부터 강의장까지 복잡한 절차를 거쳤다. 죽을 만큼 아프던 몸이 강의장에 들어서는 순간 멀쩡해졌다. 온 열정과 에너지를 쏟으며 강의했다. 피드백도 괜찮았다. 그때 그 열기는 잊을 수 없다.

아픈 몸이 멀쩡해지는 순간들은 많이 경험했다. 강의장에서 슛! 들어가면 까맣게 잊게 된다. 오로지 그 시간에 내가 해야 할 강의에만 집중한다. 얼마나 신기한지 놀랍다. 강의하는 시간이 나를 살리는 원동력이다. 그 장면을 돌아보니 흥분이 가라앉지 않는다. 강사는 천직이다.

강의를 준비하면서 빠뜨리지 않고 하는 일이 있다. '그분들의 삶을 대신 살아보기'다. 어떤 어려움이 있을까? 내가 도울 일이 무엇일까? 비슷한 경험이나 간접 경험을 통해 그분들의 애로사항을 연구하면 훨씬 수월하다. 청중과 공감, 소통만큼 좋은 게 없다. 진심으로 그분들을 아끼고 존중하며 공감할 수 있는 방법을 찾는다. 나의 그런 노력은 마음과 마음을 잇는 통로 역할을 했다. 몇 년이 지나도 아직도 연락해 오는 분들이 꽤 있다. 문자나 카톡으로 안부를 물어오고, 내 강의가 큰 도움이 되었다며 삶의 방향을 잡아가는 사람도 여럿 있다. 그중 가장 기억에 남는 학생들이 있다. 2019년 5월 한국장학재단에서 강의했을 때였다. 국가장학금 혜택을 받는 학생들 대상으로 멘토와 멘티 연결을 위한 리더십 강의였다. 그때 내 강의를 들은 학생들은 미래와 꿈에 대한 비전을 갖게 용기를 줘서 감사하다며 명절이나 스승의 날, 해가 바뀔 때마다 연락을 준다. 누군가 나로 인해 꿈을 꾸고 희망과 비전을 갖게 된다는 사실. 얼마나 큰 힘이 되는지 어깨가 쫙 펴지는 느낌이다. 내가 바라던 바였다. 잘하고 있구나! 난 정말 행복한 사람이구나! 뿌듯하고 보람된 일. 어쩌면 신이 내게 준 '사명'일지도 모른다. 이 모든 경험 하나하나가 소중하고 행복하다. 내가 행복해지는 순간들. 내가 스스로 찾아가는 행복보다는, 나를 행복하게 해주는 사람들 덕분이다. 모든 순간이 축복이다.

상처는 감출수록 더 아프다

코에 흉터가 있다. 콧잔등에 세로로 2cm가량 자리 잡고 있다. 여섯 살 때 크게 다쳤다. 워낙 큰 상처라서 그날 기억이 생생하다. 안동에 사시는 친할아버지 환갑 잔칫날이었다. 큰 마당에 손님들이 많았다. 손님들을 피해 밖에서 사촌 동생이랑 놀았다. 할아버지 댁 바로 위에 오르막길이 있다. 그 길을 미끄럼틀 삼아 몇 번 미끄러지며 재미있게 놀았다. 그런데 장난으로 사촌 동생이 밀었다. 언덕에서 데굴데굴 굴러 내려와 언덕 밑에 있던 큰 바위에 처박혔다. 얼굴을 정통으로 박았다. 피범벅이 되었다. 우는 소리에 환갑잔치를 하던 할아버지가 달려오셨다.

"아이고! 이놈 자식! 계집애 얼굴을 이렇게 만들어 놓으면 어떡해!"

아수라장이 되었다. 사촌 동생은 할아버지한테 많이 맞

았다. 엄마 아버지도 울고 난리가 났다. 차도 다니지 않는 산골 마을. 병원까지는 거리가 꽤 멀었나 보다. 할아버지께서 안티푸라민 연고를 발라 주셨다. 그 상처가 자라면서 늘 걸림돌이었다. 얼굴에 자신이 없었다. 창피했다. 초등학교 졸업할 때까지 동네 놀림감이었다. 내 별명은 '코고무신'이었다. 코에 고무신 달고 다닌다고 놀림을 받았다. 많이 울었다. 중학교 2학년 때부터 그 흉터를 가리려고 일부러 안경을 꼈다. 안경테를 조금 내려서 쓰면 좀 가려진다. 몇 번 성형수술을 받고자 했으나, 의사 선생님들의 소견은 한결같았다. 수술해도 흔적은 남는다는 것이다. 포기했다. 몇십 년 동안 외모 콤플렉스는 없어지지 않았다. 거울을 볼 때마다 코만 보였다. 흉터만 보였다. 사람들이 흉터를 알아볼까 봐 조마조마했다. 내 코만 보는 것 같았다. 안경으로 교묘하게 가리긴 했지만, 늘 신경 쓰였다. 사진 찍을 때도 왼쪽 얼굴은 가리려 애썼다. 사촌 동생을 만날 때마다 원망했다. 그날 밀지만 않았어도, 내 코는 예뻤을 거라고.

코로나 덕분에 안경을 벗었다. 마스크도 끼고 안경도 끼니까 안경에 입김이 들어가 앞이 잘 안 보였다. 시력이 나빠서 써야 하지만, 강의할 때 크게 불편하지 않았다. 그런데 아무도 내 코에 있는 흉터에 관해 묻거나, 알아보는 사람이 없었다. 묻고 싶어도 실례일까 봐 못 물어볼 수도 있었을 것이다. 중요한 건, 아무도 내 흉터에 관심이 없다는 사실이다. 괜히 나 혼자만 아픈 상처라고 생각하고 감추고 싶었던 거였다. 코를 볼 때마다 그날 상처가 생각나고, 아팠던 기억이 떠올랐던 트라우마가 점점 사라지기 시작했다. 자라면서 할아버지와 부모님 원망도 많이 했던 상처다. 아무리 산골이어도 빨리 병원에 데려갔더라면, 깨끗이 나았을 텐데. 사람들은 관심도 없는 내 코 흉터에 왜 나 혼자만 힘들어했을까. 드러내니까 마음이 평안했다. 당당해졌다. 내 코에 흉터가 있다는 사실도 잊어버렸다.

남편이 없다는 사실도 마찬가지인 것 같다. 나의 아픔, 나의 슬픔. 사람들은 별로 관심 없다. 괜히 나 혼자 주눅 들고 숨기려 했다. 무의식중에 아무 뜻 없이 던지는 말에도 상처받았다. 서러워했다. 내가 코를 볼 때마다 아픔을 느꼈던 것처럼, 남편이 없는 것도 내 인생에 서 가장 큰 아픔인 건 부정할 수 없다. 그런데 이렇게 남편에 대한 글을 쓰고 상처를 드러내니까 덜 아프다. 오히려 떳떳하다. 내 인생에 별로 관심 없는 사람들에게 굳이 "나 아파요! 나 좀 봐주세요! 위로해 주세요!" 엄살떨면서 살 필요가 없을 것 같다. 상처 때문에 아플 수는 있지만, 스스로 자꾸 상처를 뜯어서 피가 나게 할 필요는 없다.

“강사님! 우연히 유튜브에서 강사님 나오는 토크쇼 봤는데요. 강사님 남편 돌아가셨어요? 몰랐어요. 그런데 앞으로는 남편 없다는 말은 하지 마세요. 숨기는 게 좋겠어요.”

가슴에서 불쑥 화가 치밀어 올랐다. 생각할 겨를도 없이 맞받아쳤다.

“왜요? 남편 없는 게 무슨 죄예요? 일부러 말할 필요는 없지만, 사람들이 물어보면 솔직하게 말해야죠! 없는 걸 있다고 해요?”

내가 쏘아붙이듯 말하니 화제를 다른 데로 돌렸다. 강사님들과 식사 자리에서 두 번 정도 뵀던 강사님이다. 무례하게 느껴졌다. 무시당하는 기분이 들었다. 여러 번 비슷한 말을 들은 적 있다. 그때마다 입술을 깨물었다. 나를 진심으로 걱정해서 그러는 건지, 동정심이나 ‘무시’라는 감정이 들었는지 묻고 싶었다. “저 남편 없어요!” 언제 내가 자랑하고 다녔던가. 자랑할 일도 아니지만, 굳이 숨기면서까지 살아야 할 이유가 없다. 남편 없다고 업신여기는 사람들이 문제인가. 남편 없는 사람이 문제인가. 모멸감을 느꼈던 적이 한두 번이 아니다. 나는 남편 없는 자리에서도 꿋꿋하게 살아왔다. 내 새끼들 번듯하게 잘 키웠다. 뭐가 문제야.

그 강사님과 통화를 끝내자 그런 감정은 오래가지 않았다. 사과할까. 괜히 발끈했나. 얼마나 무안했을까. 사람들이 함부로 볼까 봐 분명 나를 위해 한 말일 텐데. 시간이 지나면서 나의 어리석음을 반성했다. 이제는 웃으면서 아무렇지 않게 대처할 수 있는데 그땐 왜 그랬을까. 다음 날 미안한 마음을 담아서 메시지를 보냈다.

남편이 떠나고 3년 정도 기초생활수급자로 살았던 적이 있다. 그 당시 3인 가족 기준 최저 생계비에서 내 수입을 뺀 나머지가 매달 입금되었다. 아이들 학교 급식비 면제, 의료비 지원 등 혜택도 받았다. 특별한 날과 명절 때는 쌀도 줬다. 그런데 난 한 번만 받았다. 30대 초반 여성이 그런 혜택을 받는 게 창피했다. 동사무소에서 수령 확인 사인을 하고, 10kg 쌀을 낑낑거리며 들고 나오는 모습. 쥐구멍에라도 들어가고 싶었다. 그 뒤로 쌀을 받으러 가지 않았다. 경제적 안정을 완전히 되찾은 건 아니었지만, 도움 되었던 제도다.

얼마 전 L 자활센터에서 인권교육을 할 때다. 자활센터 참여 주민은 대부분 기초생활수급자나 자립을 하려는 분들이다. '사회적 약자'에 대한 부분을 하는데 토론 비슷하게 방향이 흘러갔다. 시간 관계상 자르긴 했지만, 공감되었다. 한 여성분이 내게 따지듯 말씀하셨다.

"저는 우리나라에 기초생활수급자 제도가 있는지 얼마 전에 알았어요. 20년 넘게 혼자 아이들 키우느라 얼마나 힘든 줄 아세요? 우리 같은 사회적 약자는 국가에서 알아서 보호해 줬어야죠!"

"아! 그러셨군요. 많이 힘드셨겠어요. 저도 20년 전에 기초생활수급자였습니다. 주변에서 알려줘서 알았어요. 사회적 약자라는 생각은 하지 않았어요. 서류상 사회적 약자가 맞고, 보호받아야 할 대상 맞습니다. 그런데 사회적 약자라고 생각하면 제가 더 나약해지고 누군가에게 의지하게 될 것 같았어요. 좀 늦었지만, 지금이라도 국가 혜택을 받아서 다행입니다. 이렇게 일자리도 만들어 주고 얼마나 감사하고 좋습니까. 긍정적으로 생각하면서 우리 더 열심히 살아보자고요."

다들 놀라는 눈치였다. 내가 기초생활수급자였다는 사실을 못 믿는 듯했다. 기초생활수급자. 창피해서 말도 못 꺼냈던 부분이다. 그런데 그분들과 같은 입장이었다는 사실에 한층 더 내게 다가와 주셨다. 그분들뿐만 아니라 강의 시 필요할 때는 나의 아픈 사연을 털어놓기도 한다. 숨기려 하지 않고 드러냈다. 그랬더니 그분들에게는 희망이 되었다.

겉으로 보기엔 행복해 보여도 아프지 않은 사람 없고 사연 없는 사람 없는 것 같다. 아프고 힘들수록 감추지 말고 털어내고 드러낼 용기가 필요하다. 혼자의 아픔으로 간직하다 보면 그 상처가 덧나서 더 아플 수도 있다. 나도 드러내는 게 어려운 일이었다. 그런데 드러내니까 편하다. 덜 아프다. 마음속에 곪은 상처를 토해내듯 속 시원히 우는 것도 괜찮다. 나도 그랬다. 그렇게 상처는 드러내야 점점 아문다. 흉터가 남을 수도 있겠지만, 적어도 흉터는 아프지는 않다.

내 멋진 삶 보여줄게요

발가락이 못생겼다. 오늘 보니 그렇다. 엉성하게 휘어있는 발가락. 힐 신고 강의해서 그런가? 지난주 연이어 3일 6시간씩 강의를 했다. 힐 신고 6시간 꼬박 서 있었다. 힘든 줄도 몰랐다. 3일째 마지막 날. 강의를 마치고 운전을 해서 오는데, 발바닥 통증이 운전을 방해했다. 차가 설 때마다 주물렀다. 집에 와서도 뜨거운 물에 족욕을 하고 계속 주물렀다. 통증은 쉽게 가라앉지 않았다. 그래도 행복했다. 또 해냈구나! 잘했다 김규인!

강의하는 건 행복하고 좋다. 하지만 몇 년이 지난 지금도 구두의 불편함은 여전하다. 좁은 구두 볼에 발가락을 구겨 넣고 높은 굽으로 몇 시간씩 강의할 때가 있다. 강의할 때는 모르겠는데 끝나면 발이 아프다. 가끔 강의 현장에서 슬리퍼를 주시는 분도 있다. 절대 갈아 신지 않는다. 구두는 자신감이다. 자세가 흐트러지지 않게 잡아준다. 아무리 덥고 땀이 나도 재킷을 벗는 일도 없다. 발바닥이 아파도 구두 벗는 일은 없다. 내가 정한 규칙이다. 예의라고 생각한다. 엉성하게 못생긴 발가락이지만, 뭐 이 정도로 직업병이라 할 수는 없는 일. 못생겼지만 사랑스럽다. 땀이 보여준 결과니까.

며칠 전, 오랜만에 산책에 나섰다. 새벽 공기가 상쾌했다. 나오길 잘했다는 생각이 저절로 들었다. 집 앞 공원에는 운동하는 사람들로 붐볐다. 건강을 챙기고 하루를 의미 있게 시작하는 사람들을 보니 자극이 되었다. 공원 한 바퀴는 500m 정도 된다. 이어폰을 끼고 찬양을 들으며 기분 좋게 공원을 돌았다. 내가 원하는 목표에 도달하기 위해 끊임없는 연구가 필요한 시간. 명상하기에 아주 적합했다. 부지런한 새들도 이리저리 날며 떼 지어 다니는 모습. 귀여웠다. 세 바퀴쯤 돌았을 때다. 내 눈을 사로잡는 모습이 보였다. 걸음을 멈췄다. 하얀 모시옷을 곱게 차려입은 노부부. 품위 있어 보였다. 손을 꼭 잡고 느린 걸음으로 산책을 하셨다. 여자 어르신께서 지팡이를 짚고 계시는 걸 보니 아무래도 한쪽 몸이 마비되신 것 같았다. 남자 어르신은 아내의 손을 꽉 잡고 걷다가, 팔짱을 끼고 걷다가 반복하며 조심스럽게 한 발짝씩 떼셨다. 우리 부모님도 살아 계시면 저런 모습일까? 계속 부모님 모습이 떠올랐다. 한 폭의 그림처럼 아름다웠다. 내가 공원 세 바퀴를 더 돌 동안, 두 분은 한 바퀴도 채 돌지 못하셨다. 비록 느린 걸음이지만, 두 분이 서로 의지하는 모습이 뭉클했다. 멀찍이 떨어져서 한참을 쳐다보았다. 부러웠다. 우리 부모님 모습이었으면 좋겠다고 생각하면서. 어떤 이유로 불편한 몸이 되셨는지 모르지만, 그 모습은 아마도 아주 오래도록 기억에 남을 것 같다. 남편의 사랑과 정성으로 아내 되는 분이 빨리 회복하시면 좋겠다. 행복하게 오래 사시길 기도한다.

노후에 내 손 잡아줄 남편이 없다는 게 새삼 가슴이 아렸다. 나도 그렇게 나이 들고 싶었다. 남편 없는 세상, 익숙해진 것들이 많다. 하지만 아직도 부부가 나란히 길을 걷고, 함께 쇼핑카트 밀며 쇼핑하는 모습은 계속 쳐다보게 된다. 노후에 함께 손잡고 산책길에 동행해 줄 그 누군가가 있다는 건 참으로 큰 축복이다. 행복이고 감사한 일이다. 병이 들어 그냥 누워만 있어도 배우자가 있는 것이 얼마나 좋은 일인지 더 크게 깨닫는 시간이었다.

나의 노후. 적어도 자식들에게 짐이 되지 않는 멋진 엄마를 꿈꾼다. 아름답게 생을 마감하기 위하여 나의 가치를 나누고자 한다. 내 멋진 삶을 위하여!

임재범의 노래 '비상'이 흘러나온다. 의자를 뒤로 젖히고, 목을 기댄다. 눈을 지그시 감는다. 가사 하나하나 꼭꼭 씹으며 따라 부른다. 다리를 꼬고 까딱까딱 흔들면서 리듬을 맞춘다. 듣고 또 듣는다. 몇 년 동안 수도 없이 반복 재생하며 듣는 이 노래. 소리 꽥꽥 질러대며 울면서 불렀던 노래. 내 마음과 어쩜 이리도 똑같을까. 힘들 때마다 들었다. 너무 행복해서, 행복할 때마다 들었다. 내 인생곡이다.

"나도 세상에 나가고 싶어. 당당히 내 꿈들을 보여줘야 해. 그토록 오랫동안 움츠렸던 날개 하늘로 더 넓게 펼쳐 보이며 날고 싶어"

눈물겹도록 세상 밖에 나가고 싶었다. 그 어떤 두려움도 없이 날고 싶었다. 당당히 내 꿈을 보여주고 싶었다. 그동안 수많은 시련 속에 고독했던 내 삶. 견디고, 버티고, 견디고, 버티고를 반복하며 여기까지 왔다. 버티고 견디다 보니 살아졌다. 내 꿈을 이루기 위해 도전하지 않았더라면, 지금의 행복을 맛보지 못했을 것이다. 잃은 것이 있으면 얻는 것도 있다. 남편을 잃고 내가 깨달은 바다. 남편을 잃은 아픔은 어떤 고통과도 비교할 수 없지만 얻은 것도 많다. 남편 품에서, 남편 보호 아래 전업주부로 살 뻔한 내 인생. '남편 없는 여자'로 사회적 차별을 겪고 비난을 들을 때마다 죽고 싶었지만 결국 이겨냈다. 선생님, 원장님, 강사님, 대표님. 이런 호칭들은 내가 이루어낸 결과였다. 홀로서기였다. 어쩌면 누구의 엄마, 누구의 아내, 누구의 며느리로만 살게 될 수도 있었을 삶. 남편이 없어서 일찍 철이 들었고, 인내를 배웠다.

앞으로 또 다른 고통이 닥쳐와도 피하지 않을 것이다. 당당하게 맞서 싸울 것이다. 맞짱 한 번 떠보지 뭐! 멋지게 부르짖으며 단단해질 것이다. 이미 난 당당하고 단단해져 가고 있다. 그 무엇도 두렵지 않다. 비상. 세상에 내 꿈을 보여주며 당당하게 날개를 펼칠 것이다.

"다 덤벼!"

강사가 된 후 늘 되새기는 것이 있다. "내가 강의하는 내용만큼만 살자!" 솔선수범이 우선이다. 내가 실천하지 않는 건 감히 말하지 말자. 내가 강의하는 내용만큼만 산다면 존경받아도 마땅한 삶이다. 나의 고난과 아픔, 그것을 딛고 꿈을 찾아 성장해 나가는 모습. 누군가에게 꿈이고 희망이었으면 좋겠다. 이것이 내가 존재하는 이유이고, 세상을 이롭게 하는 방법이다.

훌륭한 강사. 좋은 강사. 최고의 명강사. 이런 것들도 중요하지만 나는 누군가에게 꼭 '필요한 강사'가 되고 싶다. 꼭 필요한 작가가 되는 것도 나의 비전이다. 나의 어떤 모습도 사랑하며 안아줄 자신이 있다. 내 아픔까지도 사랑할 수 있다. 잘 살아온, 잘 살아낸 나의 삶을 응원한다. 앞으로의 삶을 축복한다.

당신을 잃고, 세상을 배웠습니다

밥숟가락을 내려놓았다. 체할 것 같았다. 작은딸과 저녁 식사하는 중이었다. 친구가 미술 작품 전시회를 열었는데 그곳에 다녀온 이야기를 쏟아낸다. 친구의 작품에 대해 눈을 반짝이며 이야기하는 작은딸에게서 그림에 대한 애정과 열정을 읽을 수 있었다. 재능도 충분하다고 늘 생각했던 터였다. 그래서 도전해 보라고 권했다. 작은딸은 아직 준비도 되지 않았고 자신 없다고 한다. 아무리 봐도 재능이 있는 아이인데 자신감을 키워주지 못한 내 탓 같아서 말을 잇지 못했다. 친구들과 수다 떤 이야기도 늘어놓았다.

"엄마, 근데 내가 친구들한테 아빠 돌아가셨다고 하면 다 놀라더라. 전혀 눈치채지 못했대. 오늘 만난 친구들도 그랬어."

왜 그동안 말 안 했냐고 물었다. 딸의 대답에 반 공기 남은 밥을 끝내 먹지 못했다.

"어쩌다 아빠 안 계신다고 하면 사람들이 불쌍한 눈으로 보는 시선이 싫었어. 만만하게 보는 것 같아서 싫었어. 그래서 외국에서 일한다고 하고, 같이 안 산다고 했어."

"그럼 엄마 아빠가 이혼한 줄 알겠다. 그냥 솔직히 말하지 그랬어! 네 잘못도 아니고, 부끄러운 일도 아닌데 왜 숨겨? 이제는 당당하게 말해! 일부러 말할 필요는 없지만, 말할 상황이 되면 말해. 어쩌면 그 사람들이 아빠 없어도 훌륭하고 바르게 잘 컸다고 칭찬할지도 모르잖아."

아무 대답이 없었다. 아직도 말하기 꺼려지는 모양이다.

"엄마! 우리는 이혼한 집이랑 다른 점이 뭐야?"

"이혼한 집은 아이들이 언제든 부모를 볼 수 있을 테고, 우리는 보고 싶어도 볼 수 없다는 거겠지."

딸은 기분이 괜찮아 보였다. 식탁을 치우고 설거지하면서 원인이 뭘까 생각해 봤다.

"학교에서 절대로 아빠 돌아가셨다는 말 하지 마! 아빠 없는 거 알면 우습게 볼 거야! 친구들이 놀릴지도 몰라!"

아이들 초등학교 다닐 때 세뇌 교육을 했던 내 말이 문제인 듯했다. 아빠가 없는 건 부끄러운 일이라고 가르친 거나 마찬가지였다. 왜 이제야 그런 생각이 드는지 모르겠다.

'서방 잡아먹은 년'이라는 낙인이 아이들한테까지 영향이 갔을까.

"규인아! 정이랑 진이는 항상 밝게 웃고, 그늘이 없어서 참 보기 좋아! 어두운 구석이라고는 찾아볼 수가 없어! 아빠 없는 티가 전혀 나지 않아."

친구들이나 지인들에게 많이 듣던 말이다. 칭찬으로 받아들였다. 마치 내가 아이들을 잘 키운 것처럼 느껴졌다. 딸들도 나처럼 슬펐겠지. 아빠 있는 친구들이 부러웠겠지. 속으로는 힘든데, 아빠가 보고 싶은데, 내색하지 않았겠지. 어쩌면 그런 감정을 숨기기 위해, 아빠 없는 사실을 들키기 싫어서 더 밝게 보이려고 애쓰지 않았을까.

얼마 전 강의하러 갔을 때다. 하늘색 잘 다려진 와이셔츠에 파란색 넥타이를 매고 하얀색 재킷을 걸친 남자분이 눈에 띄었다.

"선생님, 의상 코디 누가 하셨어요? 너무 잘 어울리고 멋집니다."

얼굴이 빨개진 그분은 수줍은 듯 그냥 웃으셨다. 강의 끝나고 집에 오면서 곰곰이 생각해 봤다. 그런 일이 한두 번이 아니기 때문이다. 남자들 옷차림을 유심히 보게 된다.

강의하러 가도, 길을 걷다가도, TV를 봐도 그렇다. 왜 나는 남자들 옷차림에 관심이 많을까? 항상 궁금했다. 반듯하게 잘 차려입은 사람을 보면 아내의 내조가 돋보인다. 그런 아내의 역할을 부러워했던 모양이다. 나도 남편이 있었으면, 저렇게 입힐 텐데. 정성껏 다림질한 옷 입혀서 내보낼 텐데. 답을 얻고 나니 씁쓸했다.

남편이 떠나고 슬픈 나날의 연속이었다. 생활 속에서 불편한 일까지 겹쳤다. 형광등 가는 법도 몰라서 어두운 채로 살았다. 어두우니까 더 슬펐다. 여름에 창문도 못 열고 문이란 문은 꼭꼭 잠갔다. 나쁜 사람 들어올까 봐 무서웠다. 살림이 고장 나면 그대로 뒀다. AS 기사 부르는 것도 못 했다. 여자 셋만 사는 걸 들키기 싫었다. 작은 소리에도 벌떡 일어나 잠도 못 잤다. '우리'를 지켜야 했다. 남자 혼자 10분이면 끝날 일을 우리는 한 시간을 해야 했다. 무거운 물건 드는 것도 여자 셋이 낑낑대며 했다. 그런 불편함조차도 남편이 없어서 겪는 고통 같았다. 하나하나 적응해 가고 익숙해져 가는 시간이 길었다. 이제는 많이 달라졌다. 혼자 밥도 잘 먹고, 잠도 잘 잔다. 불편한 게 있으면, 고장 난 게 있으면 기사도 곧잘 부른다. 배짱도 두둑하다. 강의 끝나면 혼자 식당에 들어가 밥도 잘 시켜 먹는다. 공깃밥 추가도 한다. 남편 와이셔츠 못 다리고, 남편 옷 못 사도 괜찮다. 남편이 떠나면서 내게 준 선물. 세상을 밝게 빛내는 사람이 되라는 뜻 같다. 나는 세상의 빛이 되리라.

"이상형이 어떻게 되세요?"

가끔 이런 질문을 받는다. 나의 이상형. 돈이 많으면 좋겠고, 잘 생겼으면 좋겠다. 키도 컸으면 좋겠다. 자상했으면 좋겠고, 내 말 잘 듣는 사람이면 좋겠다. 명예도 있고, 권력도 있었으면 좋겠다. 이런 거 다 필요 없고 "나보다 오래 사는 사람이요."라고 대답한다. 사람들이 허탈하게 웃거나 아무 대답 못 한다.

"언니! 생일 축하해! 건강해야 해! 꼭 나보다 오래 살아야 해!"

며칠 전 언니 생일 때 축하 메시지로 보냈다. 언제부터인가 사랑하는 사람들에게 나보다 꼭 오래 살라고 당부한다. 뜻대로 되지 않는 일인 걸 알면서도 더는 이별의 아픔을 맛보고 싶지 않아서다.

남편을 잃고, 이별의 아픔을 배웠다. 세상을 배웠다. 사람을 배웠다. 넘어지고 일어서는 법도 배웠다. 인내를 배웠다. 다른 사람의 아픔에 공감해 주는 법을 배웠다. 홀로서

기도 배웠다. 혼자가 아니라는 것도 배웠다. 나눔을 배웠다. 아직 낯설고 서툰 것도 많다. 부족한 것도 많다. 계속 배우는 중이다. 잘하지는 못해도 노력하고 있다.

나중에 남편을 만나면 야외에 나가 고기도 구워 먹고, 내가 가장 부러워했던 부부들 모임도 함께 가고, 오순도순 담소 나누며 두 손 꼭 잡고 산책하고 싶다. 한 번도 해 보지 못했던 부부싸움도 하고, 쫑알대며 잔소리하고, 폭풍 수다도 떨고 싶다. 내 머리 쓰다듬으며, 따뜻한 포옹해 줄 남편. 잘 견뎌냈다고 예쁘게 잘 살았다고 칭찬해 주고, 딸들 잘 키워줘서 고맙다고 해줄 남편. 내 눈물 닦아줄 남편. 그곳에서 아주 오랫동안 기다려야겠지만, 그때 만나서 우리 못다 한 사랑, 애틋한 마음 함께 나누고 싶다. 내 멋진 삶을 남편에게 선물하고 싶다.

여름휴가로 내 고향 태백에 다녀왔다. 큰딸, 사위, 손녀, 작은딸과 함께였다. 사위에게 내가 나고 자란 산소 도시 태백을 보여주고 싶었다. 그곳에서 계곡에도 가고, 산양 목장도 가고, 〈태양의 후예〉 촬영지도 가고, 바람의 언덕 등 이곳저곳 둘러보며 즐겁고 행복한 시간을 보냈다. 하늘 아래 첫 동네인 만큼 공기도 좋고, 우리나라에서 가장 시원하고, 손을 뻗으면 하늘에 닿을 것만 같은 풍경. 사위도 손녀도 처음 본 태백의 모습을 무척이나 좋아하고 행복해했다. 그곳에 사는 작은오빠네 집에서 하룻밤 묵었다. 저녁에 넓은 마당에서 가든파티도 했다. 사위랑 오빠의 술자리에서 사위의 재롱(?)에 즐겁고 유쾌한 시간을 보냈다. 오빠가 사위의 장인어른 역할을 해줘서 고마웠다. 오빠가 남편이었으면 얼마나 좋았을까. 사위에게 괜히 미안했다. 이틀 내내 사위는 손녀를 챙기고 안아주고 목마도 태우고 자상한 아빠의 모습을 보여줬다. 아빠의 모습. 우리 딸들도 오랫동안 누렸으면 좋았을걸. 다섯 명이 아닌, 여섯 명이었으면 좋았을걸.

"당신, 보고 있나요? 나 이렇게 살고 있어요! 우리 이렇게 살고 있어요!"

어쩌다 내게도 오는 일

여자는 결혼해서 살림 잘하고, 애 잘 키우면 되는 줄 알았다. 남편 내조 잘하면 되는 줄 알았다. 현모양처를 꿈꿨다. 꿈과 성공에는 관심이 없었다. 사랑하는 남자 만나서 결혼했고, 딸 둘 낳고 전업주부로 살았다. 살림, 육아, 남편 뒷바라지가 전부였다. 꿈꾸던 현모양처로 8년도 채우지 못했다. 생계에 급급했다. 육아와 일을 병행하며 슬픔까지 극복해야 하는 내 앞에 놓인 현실. 내 삶을 통째로 바꿔놓은 남편의 죽음. 잇따라 발생하는 사랑하는 사람들의 죽음. 그리고 예정에도 없었던 큰딸의 결혼. 가족의 빈자리는 내 삶을 더 아프게 했다. 삶이 슬펐다. 글을 쓰면 글도 슬펐다. 슬픈 내 삶이 싫고, 슬픈 내 글도 싫었다. 굳어버린 슬픈 내 표정도 싫었다. 괜찮다고 말했다. 괜찮은 척했다. 사실은 괜찮지 않았다. 늘 마음 한구석이 어둡고 아팠다. 나를 동정하는 눈빛도 싫었다. 내 아픔은 '허물'이 되기도 했다. 오랫동안 마음을 열지 못했다. 세상에 나가 부딪히며 살아갈 자신이 없었다. 모든 것이 무섭고 두려웠다. 그러나 이젠 달라졌다. 시간이 약이기도 했지만, 시간이 흘러가는 대로 있었다면 지금의 내가 없었을 것이다. 내가 아픔과 슬픔을 극복한 계기와 이유를 정리하면 다음과 같다.

첫째, 꿈을 이루기 위한 노력이었다. 먹고살기 급급해서 내게 꿈이 있었는지도 몰랐다. 모든 것을 놓아버리고만 싶었을 때, 기적처럼 들려온 큰딸의 목소리. "엄마의 인생 시계는 지금 몇 시야?" 잊고 있었던 꿈을 깨워줬던 그 한마디에 하고 싶었던 일을 시작했다. 밑바닥부터 시작한다는 각오로 뛰어들었던 강사 세계. 밤새워 강의 준비하고, 졸리는 눈을 비비며 전국을 돌아다녀도 힘든 줄 몰랐다. 어려운 대상자, 어려운 강의 주제를 접할 때면 '내가 미쳤지! 잘나가던 학원 때려치우고 왜 이 고생이야!' 하면서도 포기하지 않았다. 포기할 수 없었다. 밤낮으로 연구하고, 공부하고, 강의에 임했다. 늘 새로웠다. 사회, 정치, 경제, 문화 등 별 관심 없었던 분야도 알아야 했다. 나의 피와 땀과 노력은 거짓말하지 않았다. 좋은 성과를 가져왔다. 그때마다 강의하는 맛을 느꼈고, 사는 재미를 느꼈다. 내가 살아 숨 쉬는 것만 같았다. 어둡던 터널에서 나와 꿈을 향한 나의 발걸음은 지치지 않았다. 강의하는 매 순간 행복했다. 누군가에게 꿈이 되고, 희망이 되고, 도움이 된다는 것이 얼마나 큰 위안이 되었는지 모른다. 내가 하고 싶은 일, 좋아하는 일을 하면서 행복을 찾았다. 내가 만나는 모든 강의 대상자들이 내게 행복을 선사했다. 그분들 앞에서는 당당했고, 웃을 수 있었다. 내가 간절히 바라던 꿈. 강사가 되어 하나하나 이뤄나가는 성취감과 희열, 기쁨은 내게 용기를 주었고, 나를 살게 했다. 그렇게 조금씩 성장해 왔고 이제 다음 단계의 꿈을 꾸며 살고 있다. 더 높은 곳을 향한 준비와 끊임없는 연구, 이것이 나를 더 성장하게 할 것이다.

둘째, 나를 믿었다. 부모님께서 물려주신 유전자를 믿었다. 뿌리 깊은 나무를 믿었다. 신뢰감을 줄 수 있는 외모는 부모님께서 주신 최고의 선물이다. 남편 주검 앞에서 "당신 딸들 예쁘게 잘 키울게요."라고 했던 마지막 약속. 나이는 어렸지만 지킬 자신이 있었다. 지켰다. 주변에 좋은 사람들, 지인, 친구, 가족 등 많은 사람이 나를 믿고 지켜줬다. 그럴수록 나 자신을 더 믿었다. 교습소와 학원 운영으로 한 번도 내리막길이 없었기에 일에 대한 자신감과 추진력을 믿었다. 꿈을 이룰 수 있다는 것을 믿었다. 강사의 꿈을 이루기 위해 도전할 때도 절대 포기하지 않을 거라는 확신이 있었다. 포기할 바에 아예 시작도 안 한다는 게 내 삶의 철학이다. 내가 과연 해낼 수 있을까? 이런 의심을 했더라면 지금의 내가 없었을 거다. 누군가가 나를 음해하고 비난하고 시기하고 질투할수록 '보여주자' 다짐했다. 입과 귀를 닫으려고 노력했다. 때론 억울한 일이 일어나도 진실은 밝혀지는 법. 밟으려고 하면 기를 쓰고 더 올라가려고 노력했다. 꿈을 이루기 위해서는 어떤 경우에도 '나는 할 수 있다! 반드시 해낸다!' 외침이 필요했다. 내가 나를 믿지 않는다면 다른 사람도 나를 믿지 못할 것이다. 지금껏 나를 믿어왔듯이 앞으로도 나에 대한 믿음이 확고하기에 더 전진하려 한다.

셋째, 나에게 좋은 에너지를 주는 사람들 가까이에 갔다. 직업상 다양한 사람을 만나고 소통해야 한다. 나보다 밝고 긍정적인 사람을 만나기 위해 노력했다. 그런 분들을 만나면 덩달아 신나고 좋은 기운을 받아서 좋았다. 힘든 사람도 만났다. 아파본 사람이 아픈 사람을 위로한다는 생각으로 처음에는 그 사람들 이야기를 다 들어주고 돈과 시간과 열정을 아끼지 않았다. 부정적인 말과 행동을 하는 사람 옆에 있으면 그 기운이 나에게도 전해졌다. 내가 해결해 줄 수 없는 문제임에도 넋두리를 듣다 보면 기운이 빠지고 같이 어두워지는 듯했다. 그래서 더욱더 다른 사람에게 밝고 긍정적인 사람이 되려고 노력했다. 내가 밝고 좋은 에너지를 가지고 있어야 강의 현장에 나가서 긍정 에너지를 줄 수 있다. 그 에너지를 받아 사람들이 더 행복해질 수 있다고 믿었다. 그래서 새벽마다 기를 모으고, 좋은 에너지를 받기 위해 노력한다. 유쾌한 성품을 갖추기 위한 노력이다. 내가 좋은 에너지, 긍정적인 에너지를 가지고 있으면 사람들이 다가올 거라 믿는다. 유유상종類類相從을 믿는다.

이 세 가지 노력이 있었기에 나는 아픔을 극복할 수 있었다. 그리고 되는대로 살았다. 되는대로, 된 대로 살았다. 피땀 흘리며 눈물겨운 사투를 벌이며 무던히도 노력했다. 엄마가 된 자리에서 최선을 다했다. 학원 선생님이 된 그 자리에서도 열정을 바쳤다. 강사가 되어서도 이 자리에서 최선을 다하고 있다. 노력하고 있다. 내가 무엇이 되든, 그 자리에서 해야 할 일, 묵묵히 해내며 되는대로, 된 자리에서 충실히 하려고 한다.

아팠다. 남편 없는 세상, 넘어지고 부딪히며 남편의 빈자리를 뼈저리게 느끼며 살았다. 가족의 소중함. 피를 토할 만큼 뼛속까지 느끼며 아프고 슬펐다. 이젠 생각을 바꿨다. 내 인생 100세까지 생각했을 때, 남편 없이 살았던 20년은 아무것도 아니다. 100년 중 20년 아팠다고 인생 다 산 건 아니다. 오늘 아팠다고 내일도 아플 거라는 법 없다. 80년은 행복하지 않은가. 앞으로 50여 년 동안 난 충분히 멋진 삶을 살아갈 수 있다. 나는 나를 믿고, 나를 응원한다.

나에게만 오는 일인 줄 알았다. 나한테만 일어나는 일인 줄 알았다. 어쩌다 내게도 오는 일이었다. '나에게만' 오는 일이 아닌, '내게도' 올 수 있는 일. 그냥 일어나는 일. 이제는 슬픈 과거, 아픈 과거보다는 현재에 집중하고 있다. '오늘'에 집중하고 있다. 앞으로의 내 삶에 집중하려 한다.

고맙습니다, 내 인생

펴 낸 날 2021년 10월 20일 초판 1쇄

지 은 이 김규인
펴 낸 이 박지민
책임편집 김정웅
책임미술 롬디
그 림 손유진
마 케 팅 박종천, 박지환

펴 낸 곳 모모북스
서울특별시 동대문구 왕산로81, 203-1호(두산베어스 타워)
전화 010-5297-8303 팩스 02-6013-8303
등록번호 2019년 03월 21일 제2019-000010호
e-mail pj1419@naver.com

ISBN 979-11-90408-19-6 03800